回到沿海

◉廖鴻基／著

聯合文叢 528

目次

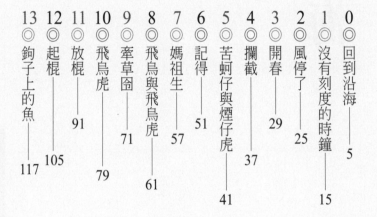

許多年以後，我心裡明白，海島以外，
自我以外，大海是寬廣的媒介，
只要持續航行往外，
無比浩瀚的世界隨時都有機會接觸。

無論稱為生命岔路或人生轉捩點，
這座漁港，這幾艘沿海漁船和這幾位老漁人，
教我走了一段有風有浪有血有淚
與這海島大多數人不一樣的人生。
二十多年後終於回到漁港，
回到當初向海發展的起跑點上。

0

回到沿海

一般作業範圍在離岸十二浬領海內的沿海漁船

大約三十歲前後航行出海在沿海漁船上當漁夫，海上陸地差異懸殊根本兩個世界，即使風平浪靜每吋甲板也始終搖晃不安。漫漫半年過渡，幾乎嘔盡肝膽。好不容易適應了海上顛簸及暈船困頓，風浪裡一步步踩住甲板終於站穩腳步的感覺，彷彿端午過後浩浩南風一舉吹散海面濕濡水氣，爭回了晴朗天空蔚藍海面。

海洋開門。

波浪溫暖和緩，海面反照天光一丕碧藍萬頃深沉。掙扎後睜開的眼特別明亮，面對新世界、新景觀，我的心變得幽微敏感。舷邊游過的每一條魚，一段距離外悠游噴氣的鯨豚，一再抓住我原本漂流放逐的茫然心情。

雲聚雲散，風浪起落，海面時而白浪紛擾一片蒼茫，船隻彷如陷溺於無盡綿軟的泥淖裡吋吋匍匐。這時，我常感受到海水的憤恨，也常聽見水底下無數欲求的手掌不停攀摳船腹似乎想要攀抓些什麼。風雲莫測大海善變，漁船出海作業彷若一片枯葉飄入大洋裡浮沉，海上漁撈本質免不了是攀著危險邊緣跨界索求。

然而，船隻可是造得十分滑溜、耐浪。船艏切浪，不過一陣頓顛，順勢騎上一波浪頭，戰戰兢兢當船頭攀過湧浪高點後，俯艏下斜，船艉左搖右晃，扣抓浪牆順利滑下浪峰。撿浪（選擇航路）、邁浪謹慎操舵，船隻通常總能一步步跨越困厄。岸上帶下來的人為強勢，漁人從海裡得到的往往比失去更多。

一趟趟搏魚、鏢魚、拉網、拔繩，受創的漁獲將鮮紅的血液灑入水裡，舷邊團團紅霧很快流水散去。漁港、漁船、出海、返回、甲板、海面、水下，漁撈是一場陸與海、空氣和水裡，兩個世界數個空間的劇烈拉拔。每個漁人都是一艘船，徘徊在自己的生命大海，尋找不可能的安定。

一陣劇烈拉拔，終於漁人用長鉤桿鉤住漁獲，將屬於水裡的寶藏吆喝著拔進船舷。離開海水後，臨斷氣前，魚隻在甲板上做最後掙扎。讓身體是爆發的鼓槌，拚命敲打出生命最後一串鼓聲，咚、咚、咚、咚！咚！咚！咚，咚，咚，咚……咚……咚……不再是敲擊，轉為顫抖。

血水四濺，腥臊黏液沾著細碎鱗片塗抹在每一吋甲板，也沾惹在每位漁人身上。這艘漁船，多麼像是受魚血灌溉漂浮於海面的盆花，時時沾黏血氣，經常茂盛地開滿了腥臊花朵。

這世界多麼危聳、凶悍，多麼血腥、陽剛，多麼沉默又多麼狂躁。

舷內舷外處處驚奇。

這些都是岸上生活想也不曾想過的情景。

每回作業結束，當忙過漁獲冷藏、漁具收拾，這趟海（漁撈）告個段落，船長迴轉船艏，遙遙回望港嘴燈塔，邁浪躍波走水路返航。船長掌舵，那時的沿海漁船船長，大概都是年過半百的老漁人，他們從小討海，漁撈經驗超過數十年。這趟海無論豐收與否，不曉得為什麼，整個返航途中，船長往往抿著唇一臉嚴肅，一句話都不講。

是否不值得一提，或者，長久海上漁撈，他們的心早已超越了漁獵歡喜，從他們臉上，完全看不出收穫完成的任何喜悅。

走水路返航是**海腳**（沿海漁船船員）喘口氣的時機，這時，我習慣坐在駕駛艙右側窄隘的前後甲板通道上，背靠著引擎震顫的艙牆，面向舷外。每次，我看著舷邊湧湧白波自左眼滑過面前，又從右眼眼角攪入艉浪裡；水流不斷在船邊撞出白色浪花，滑過當下，最後，融為船艉迆邐漸遠的白沫。

有時我會轉頭讓眼光追住艉浪，似乎是想要攔截這趟航程裡被激烈撞開來的某些什麼。

確實是有些什麼從原來的桎梏裡被衝開了、撞開了，只是當下並不清楚那是什麼。

這麼深這麼寬這麼生疏的領域，每趟相異的風浪海況，面對不同的漁撈對象，時常得默然看著舷外的蒼茫黑暗感覺孤獨，每天都有不同的日出場景，一趟趟如何也想不到的波折遭遇如此劇烈起伏……

航行途中常望著舷邊湧過的浪痕

一葉孤舟，向海索討

破曉時分星點稀微，我抬頭望著曙光滲漏的寒涼穹蒼，心頭已經燃燒著朝霞火炬，我是聽見了海面日出，聽見了一把音韻低沉的提琴往復拉著船舷下低迴的漩渦。某些心情常化作旋律，在我腦子裡一再盤旋。

拉魚搏魚，拔起拔落，內心往往激動宛如一個浪頭疊過另個浪頭，又不斷地從最高點澎湃坍潰下來。聳揚與墜落，如船艄屢屢奮力攀上波峰，撐不了剎那，旋即彎腰汲汲撞落谷底。

一而再，顛揚的濤浪時時在我心底湧盪不息。

我將如何說給自己聽，關於這輩子與大海無從想像遠超過預期的這段海上漁撈機緣。或許，我該找個方式將海上這些情景，這些搏浪拔魚的經過給說出來。

於是動了想要記錄的念頭。

過去因為語言有些障礙的關係，文字倒是比較習慣的表達工具，於是，開始一邊捕魚，一邊試著寫下海上漁撈點滴。

終於寫成的第一篇文章是〈鬼頭刀〉，是篇名，也是魚名。

回想當初書寫時的構想，並不是單單為了描寫**鬼頭刀**這種魚，而是打算以四季為段落，每個季節描寫一種**黑潮流域**（台灣東部沿海）裡的代表性魚種，預期寫成一篇類似〈四季漁歌〉或〈黑潮四季〉的文章。沒想到，還寫著首段春季主要魚種**鬼頭刀**

時，文章篇幅已超過五千多字。心裡想，太長的文章可能如冗長的航程使人疲倦。於是，打個句點，更改篇名，獨立為〈鬼頭刀〉單篇發表。

一年初始天地回暖，大海才剛剛開門的春天，這篇文章一齣戲開幕才鬧過場，沒想到，就打下句點給落了幕。

不是戲碼單調演不下去，而是因為汲深綆短寫作能力有限，一時還缺乏足夠能力來充分表達這齣深沉開闊的**黑潮漁撈**大戲。

多年來，雖然陸續也寫了些黑潮裡其他季節的其他魚種，以及海上漁撈生活的片斷，並於一九九六年集結出版為《討海人》這部書；但一直覺得零星散置不夠完整。

之後，以漁船為工作船，轉而從事海上鯨豚調查；接著的賞鯨活動規劃、推動，執行許多海上計畫，以及一段段遠航經歷……真像是走上了一段無暇回首的海洋梯階。之間，或許曾經停步，想要回來沿海，但形勢所趨，似乎只能一步步潦落去繼續前行。

不停走出去、航出去，直到二十多年後的今天，停下來喘口氣時，忽然覺得有必要回到過去，回到當初涉海的起點。

忽然很想再一次讓自己的背靠著引擎抖顫的艙牆，很想再一次看著匆匆流過舷邊的波濤，很想有機會重新回看自己這輩子的**海腳**腳蹤。

這輩子與海的關係，起自自我放逐流浪到海邊，而後登沿海漁船捕魚，接著，航行於近海，再進一步越洋遠航。並不刻意，但回頭看時，竟然一步步完全符合人類向海發展的步履，從潮間帶而沿海而近海而遠洋，一步步竟然完全符合人類海洋文化拓展模式。

儘管現在的工作離開初初下海的原點已然一段距離以外，但曾經參與且深埋心底的那場**黑潮漁撈大戲**，二十多年來不曾在我心底落幕。

多年來的航行，多少不同航向的不同甲板上，經常忽而就想起當年動念想要書寫的這場**黑潮漁撈**。

心裡有個聲音不斷提醒，一陣子就會告訴自己一次：回到沿海，回到起步的原點。

去年春天回到沿海，回到當年下海工作的漁港，為的是籌備漁業紀錄片拍攝做些行前探查。

整建翻新的漁港港渠裡行列成串，繫泊著依然老舊的一艘艘沿海漁船。

啊，多少次這裡解纜、繫纜，航進航出，港渠裡的許多艘漁船曾經搭乘，許多艘船名我還記得。

當年漁港裡進出，無論落空失望或滿載歡喜，竟然二十年歲月已經流過。

海上漂泊，光陰流水般快速通過，一趟趟拉拔，被漁繩磨得深刻的船舷都已蒼白。

熟識的老船長不在船上，心裡想，老船長應該也像他的船舷般皺紋深刻髮鬢蒼白。

攀上港口防波堤遠眺外海，水色依舊墨然深邃，二十年前切擦過島嶼邊緣的黑潮海流，如今不曉得流轉到哪裡去了。這一刻，就算我站得再高，恐怕都無法看見過去的流影蹤跡。但是一低頭閉眼，我耳裡還響著當年撼動桅桿的颯颯風聲，眼裡還看見**海湧伯**（《討海人》中的漁人）站鏢頭憤慨持鏢鏢獵**丁挽**（**立翅旗魚**）；還清楚看見隔著一艘船，**阿溪伯**（《討海人》中的漁人）舷邊拉起將近他身高一般長的**銀劍月光**（**白帶魚**）……

啊，二十年前那段討海經歷，如夢如真，那段海上漁撈生活，讓我生命攀上甲板，得以開始穿梭海陸邊界，大海裡徜徉。多年海上生活，讓我這輩子腦海裡的存檔畫面，除了挺拔蓊鬱的山林，還有一片廣袤無垠的大洋，除了擁擠的人世以外，我還有一片疏闊廣浩的水漾空間。

許多年以後，我心裡明白，海島以外，自我以外，大海是寬廣的媒介，只要持續航行往外，無比浩瀚的世界隨時都有機會接觸。

無論稱為生命岔路或人生轉捩點，這座漁港，這幾艘沿海漁船和這幾位老漁人，教我走了一段有風有浪有血有淚與這海島大多數人不一樣的人生。

二十多年後終於回到漁港，回到當初向海發展的起跑點上。

這一刻天光變化飛快如賭徒熟練的洗牌，
曦暉攀著晨風搭著波光汩汩湧到舷邊，
光斑光豔光速聚散，根本沒有時間斟酌，
我身上衣物因夜裡搏魚拉拔沾滿腥臊魚血，
我的鼻孔從冰櫃從漁艙露出甲板
用力吸一口天亮後的新鮮海風，
我的手錶早已忘記刻度所標示的時間意義。

1

沒有刻度的時鐘

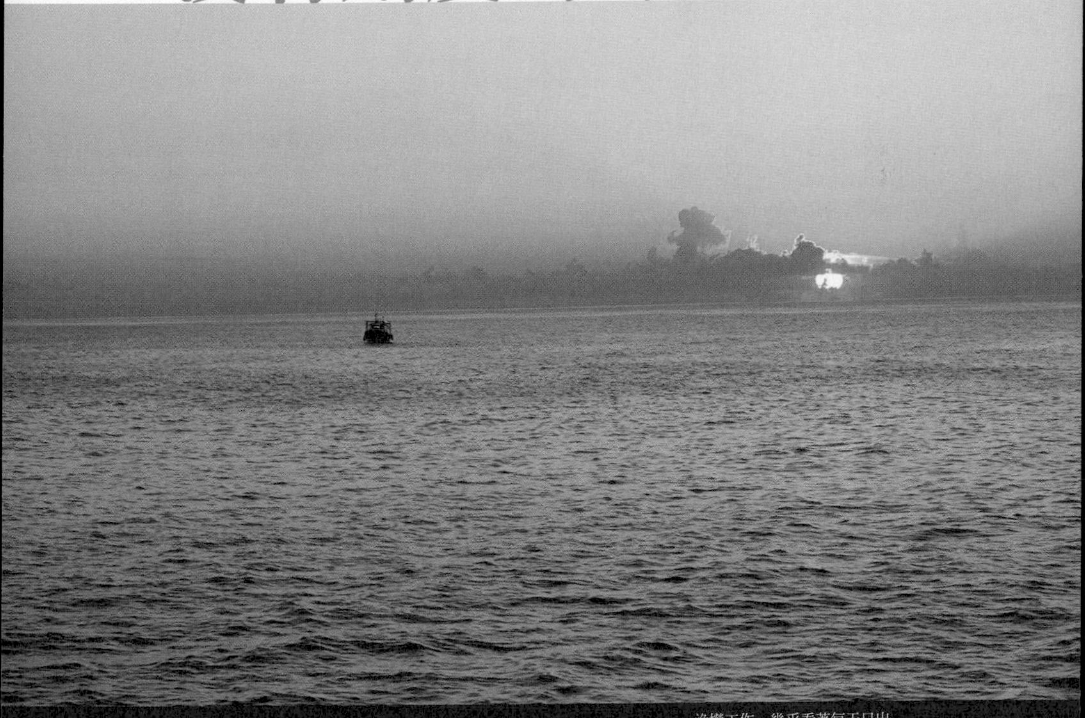

漁撈工作，幾乎看著每天日出

風的流動往往無影無蹤，有時藉由樹梢草尖一塊帘布或絲巾來顯現他的形跡，有時藉由孔竅縫隙或空曠的荒野洩露他的底韻。海水流動不曾停止，浪起浪落，不過他指頭揚起的水表跡象，唯有懸浮其中的漂泊者，才能明白海面底下那股無盡浩瀚的流轉。

人類渺小有限且生命週期不長，但老早的祖先們已觀察到這些循環的規律週期，於是運用了刻度和數量，用以標示這些大自然中漫漫流轉的龐大力量。

時間無色無味，但往往攜著當下所有顏色所有氣味一起前進，一起變化，刻度和數量，人們設計了鐘面設計了大小齒輪，連接了時針和分針，讓時間盤轉於鐘面刻度，限制它不再沒頭沒尾地溜走。

時間於是走在數字、走在刻度之間，走出了幾點幾分不同時段，走出了日出日落有了白晝和黑夜，一圈圈不停，就像月兒繞著地球圈圈走出了盈缺，幾趟朔望後，氣溫有了起落，季節開始周轉。

一二三四、日日月月，春夏秋冬、歲歲年年，時間不停流動但有時有序，循環規律。

回頭看不見起點，往前展望也看不到終點，如此浩遠的線性流動，人們竟然大齒輪小齒輪大圈圈小圈圈，就讓自轉和公轉如此濃縮規模且呈現在我們眼前盤轉。

這片大自然舞台儘管繽紛，但似乎只要有了刻度和數字，就有了依循軌跡，就有了節奏和步驟，之間的無窮變化好像也都可以限制範圍並落在可預期的框框內。

我時常懷疑，當一艘漁船遇見了一條魚，是否一段時間後，因為規律周轉，同個場景將在同個位置重複出現。或者恰恰相反，所有經過的都將注定如微風流水不再回頭永遠消失。

我常常想，會不會漁船、漁人、魚三者之間，存在某種類似大齒輪小齒輪大圈圈小圈圈的特殊因果關係。

時間撒在風裡融於水裡，常覺得其中散布著不是刻度和數字所能標示所能規範的某些微妙因子。這些因子聚聚散散如煙飄渺，時而清淡時而幽微。散開時，像可有可無的氣味，聚合時又彷彿承受了旨意有了堅強意志。有時風裡縷縷花香，有時水裡漂著甜味，我常閉著眼看見滿山遍野落英繽紛，有時也看見水流底下腥甜的果子如季節訊息早已纍纍結實。

這是一股神祕而又十分安靜從容的力量，無可觸摸，就像抓不住的水握不住的空氣；這能量無以形容，這股力量遊走在時間縫隙，時常得藉由光、藉由水、藉由風，偶爾露出現象。

這股能量到處飄，到處瀰漫，只要機緣巧合，可能就因而引發出一連串的偶然。

不一定是直接因果關係，但往往緣自單一的偶發而導致群體的勃發，彷彿冥冥中有股強烈的意念下達指示，必要湊合這場並非預期並非規劃中的一場盛會。而且，如此偶然所引發的，往往是一場一夕間讓天地變了顏色的驚奇。

冬至前後烏魚群大舉進入西部海峽，一波波南下；清明前後，**飛魚**水面張翅隨黑潮接近東部海岸。同樣漁船同樣漁人一年年增添歲數和皺紋，每年同個海域遭遇如約定的一場場熱鬧。一年年經驗累積，漁人曉得採捕時節，曉得可以到哪些海域等候，也曉得用什麼方式可以捕獲更多。

如果漁撈就這麼規律這麼單純，每趟航程將會形同鐘面航行，如刻度指示，隨數量左右。

老天似乎有所保留，那些微妙因子的聚合離散，讓漁人或許摸得著什麼時機會有哪種魚群來到，但是再怎麼老練的漁人也不可能完全掌握今年來的魚是多是少。慢慢地漁人們也發現，更沒把握的是，明年這些魚是否還會繼續相約繼續前來。老天是給了可以因循的大規律，但也給了連祂自己都無法掌握的小變因。

風和水，不斷循環其懷裡的記憶，但似乎也不停帶走我們曾經看見的、曾經經驗的。

其實我們能認得的、記得的、明白的都十分有限，一遍遍的遭遇，回想起來又常

漁撈工作沒有閒下來的片刻

飄渺如反覆的夢境。

也許人們所能的節奏，所能的頻率，如何也無法透徹那如風如水幾近透明的幽祕和玄奧。

為什麼一起發芽，又為什麼一起蕭瑟，為什麼沒緣由地忽然就來了，何以那樣不合理地炫麗絢爛，又不明原因沒有方向忽然就走了，留下無法比對無法襯托的完全枯萎和絕對空虛。

有跡可循能解釋的是道理，偶發突變的只好說是因緣際會。

海水流動，深深淺淺一直都在流動，海水裡沒有穩固的標點，甚至沒有盤轉的圓心。海洋與陸地樣態不同，寬深不同，風已然無可捉摸，更何況水面底下。特別那幽暗無明的深海，那深深海面底下的每一滴水，或許都是眾多水表現象的緣起。看不盡、看不透的，每個隨海流浮漂的個體，似乎都盡情伸展其敏感的觸手在水分子間的空隙摸索等待。完全無心，但又好像有個一貫的意志驅使他們聚合，並牽扯出繁複的脈絡在彼此的水面底下龐雜交錯。

可能緣起於某些浮游於水表微不足道的微渺藻類，不過因為多曬了點陽光，又恰好自深海湧起了某些磷、氮等有機質，於是引發以藻類為食的甲殼類浮游動物的一場大爆發，牽連又引發了一場基礎魚群的勃發，接連著可能引起一大群巨鯨家族因掠食而跟著魚群遷徙，也連帶引起漁船下海捕撈，引起捕鯨船追隨鯨群，引發一連串的海洋事件，進而引發人類下海漁撈的腳步。

有道理的，沒道理的，逾越的，狂妄的，柔嫩的，暴力的，都浸在同一片海水裡互為互亂，但是，亂中又彷彿有某種力量撐住所有秩序。廣浩，深沉，錯綜，海水裡融合的多樣風景多樣奇觀，既牽連又疏離。

每一艘漁船，每一條魚，每一趟漁撈航程的關係，也都是無可釐清、無可預期的複雜。

每趟航程回來，常覺得陸地陌生。

沿海漁船經常在陸地熟睡的午夜出航；暗幽幽大海裡只剩船長一個人可以講話，而大多數船長作業時一臉嚴肅除了罵人往往一句話不講；搏浪拔魚重勞力工作肚子很快餓了，但沿海漁船不看時間吃飯，通常得等漁事告個段落又恰好收穫不差船長也認為該吃飯了才可能丟一條魚簡單煮煮來吃。

岸上作息有條件有空間，講究穩定、乾淨、舒適、定時、定量……這些屬於岸上的觀念和習慣，當船隻一航出港嘴，很快就會被不安的甲板給拋甩到濃稠黑暗的海水裡去。如老漁人常說的：「出來拚，不是出來爽的。」要講究的話就留在岸上。

時間在海上常被海水給浸濕潑亂了，一樣航程有時轉個眼就到，有時老半天就是到不了；通常是想快的時候慢，不在乎的時候又快得跟什麼似的。如果把岸上的時間帶到海上，船下的一波一浪都會跟你作對，跟你分秒計較。

當個漁人，得時常在茫然烏黑的海上學習孤獨自處。破曉時分，天空從稠濃夜幕裡裂出，船隻從大片黏濘黑水中浮出，當海面開始眨閃灰暗天光，我得到機會從虛無裡站起身來。

這一刻天光變化飛快如賭徒熟練的洗牌，曦暉攀著晨風搭著波光汩汩湧到舷邊，光斑光豔光速聚散，根本沒有時間斟酌，我身上衣物因夜裡搏魚拉拔沾滿腥臊魚血，我的鼻孔從冰櫃從漁艙露出甲板用力吸一口天亮後的新鮮海風，我的手錶早已忘記刻度所標示的時間意義。

面對晨曦朝霞，常覺得自己這輩子第一次醒來。

回港上岸時，時常這城市還在逐漸甦醒。

一切都覺得陌生，好像已經離開好一陣子沒上岸，沒回家。

好幾次回家路上還懷疑著，會不會自己是那誤入桃花源的漁人，「不知有漢，無論魏晉」；會不會海上岸上兩套時間，海上一日，人世也許早已一季季跨越了寒暑春秋。

慣性吧，當我逐漸習慣海上生活，那到處是刻度的岸上作息已經自己畫下界線，就像是當一個人逐漸變成人魚，下海不再害怕溺水時，上岸就得面對窒息擱淺的困擾。

來來去去離離返返間，慢慢地也發現了自己生活態度因而改變不少。可以長時間不飲不食，可以定時定量，也可以擠在一起一塊解決。常覺得許多事可有可無，欲求常散成了一團若有若無的蓬鬆煙靄。

後來，出航前常把手錶取下，不是怕拉拔勞動給打壞了或被海水浸濕損壞，是感到海上時間陸地時間不是同個錶面所能表達。登船前習慣屈個膝，表示我將進入海洋這世界前的尊重。身體這艘船，也漸漸學會不必要一定航跡，沒有既定步驟，飄飄晃

漁撈作業往往是重勞力的工作

月光下作業的漁船船燈

晃，自如自在。

忘了時間就忘了必要旺盛燃燒，逐漸也就忘了燃燒後灰燼煙散的必然結局。時間攀著海水不斷蒸騰為雲，雲朵密度差異於是漂泊成風，風雲集散，來來去去，閒時飄逸，偶爾凝結降雨落下，無論落在哪裡，最後終要回到海裡。

如雨水回到海面，我又回到沿海。

常想起過去與我交集的每條魚兒，常想起那段沒有時間沒有刻度的討海日子。

2

風停了

天光在海流雲縫中穿梭

北風拎著涼冷轉頭去了，醞釀成形的海洋濕熱氣團還在遙遠天邊，時序走入冷熱雙峰間的谷壑裡。暫停的手，高高舉起。

這時，風停了。

其實風並未完全停息，停的是去年中秋過後一波波強盛，然後又一波波消弱的鋒面。刀鋒般砍了一季的鋒面，劈剖、呼嘯了一季的冷風寒雨，終於走到盡頭走到節氣交界點上。終於，認命地以平靜的步調走下舞台。

這一刻難得平靜，失去了風的鼓譟，一團團蒼茫冷霧自高空靜靜下沉；從山的臉龐直落到浪的腳邊。四處霧靄沉著，海水捧著一片朦朧天光，天地間心事重重，憂鬱氣息到處瀰漫。

海灘上每顆卵礫，田野裡每片草葉，都沾了些濕濡水氣，帶一身霧濛濕潮。霧氣圍成簾幕，風停的這一刻，像是先關起門來，細心修復及整理上一季被風打亂的儀容。

挺在海崖邊，枯葉落盡的一棵海桐，像個爭戰許久的勇士回頭張望漸漸淡去的硝煙，一臉茫然。撐了一季，苦了一季，孤獨的心不知如何退場。

風是停了，但心裡殘存的風聲仍然簌簌簌響著。

實在是颳得太久颳得讓人懷疑，是否永遠都停不下來了。但不免又讓人詫異起

船邊水痕

疑，怎麼忽然就停了。

是嗎？馳騁了一季，呼嘯了一季，張狂了一季，捨得這樣就過去了嗎？

不，天地其實還在觀望，這一刻究竟是稍息的片刻，或已經是底定的平息。海面洶湧的浪頭也都暫時停下來凝神想這件事。

失去了風的鼓譟和梳攪，沒了前進的動力和依據，天邊雲朵像是發酵的麵團顯得臃腫，一團團呆滯地懸在天邊張望。崖邊枯黃的芒草和耐風耐鹽的刺桐，搖擺了一季也堅持了一季，早已痠疼疲倦，如今，一叢叢都垂著頭利用停息的片刻閉目養神。槿樹上一隻休息的斑鳩，蓬鬆了一身羽毛抵擋霧氣濕沉。樹下開闊地上，一對環頸雉攜伴散步，偶爾一聲啼鳴像是迫不及待，呼喊春光。

應該是了，崖壁上的野百合已經冒頭伸腰，岬壁的蘆竹不再飄搖，準備換穿一身鮮綠。鷺鷥海面列隊遷徙，遠遠的「M」型隊伍，飛過寂寞岬角後漸漸飛成蠕動的「W」隊形。沒了風的阻力，同時也失去了風的助力，他們賣力搧動氣流，互相扶持；雖然結伴同行，每一吋旅程還是得自己努力。

海面不再情緒撥弄浪湧，純藍海色逐步回收上一季盛開的激情白花。一邊收拾還一邊告訴自己：停止那般大起大落吧，下一季頂多只適合小皺褶，小疙瘩。

海天盡頭浮著一艘小船，沒了北風撼搖，小船難得溫柔靜默如在霧氣瀰漫的海面沉睡。

鞭了一季、喊了一季、甩了一季的怨懟，通通停止吧。孤、苦、狂、傲、淒、厲、咆、嘯，這許多個字，風停的這一刻像是一一被剪去了飛羽，只能悶悶哼哼貼著海面或伏在地面低迴。

好了好了，風確定要停了，風確實已經停了。

不久以前，風的指頭還一再擦抹掉海面魚兒游出的漣漪，浪的手掌也一次次翻覆掉將要在海面蕩開來的水下故事。直到確定風浪不再出手干擾的這時，海面大方鋪成開闊又穩定的舞台，終於，海面下藏了一季、憋了一季的海洋故事就要上場。

3

開春

春天水氣矇曨的海面

上一季淒厲寒冷又強盛的東北風，像把大刀，迎面切剖黑潮，硬是將方向相逆的黑潮海流，剖推大半靠近台灣東部岸緣。隨黑潮奔游的大洋性浮游魚類，也隨著海流接近岸緣。

魚群靠岸，但強風海流逆抵，海況惡劣，除了沿海鏢漁船冒著風浪出海鏢獵高價值的**白肉旗魚**，不然就是張設於沿海的**定置網**多少攔截一些過路魚群，因為天候海況不適合海上漁撈作業，這一季近岸來的魚群，甚少受到攔截，順利地一波波通過島嶼邊緣。

一年結束，北風停了，因為怕冷而彎腰的都將抬起頭來，碼頭邊倉庫裡收藏了一季的漁具都給掀開了，清一清理一理，就要登船出航。起來吧，開門了，躲藏的時代已經過去了，開春的鑼鼓就要鬧場。

討海人說：「這時，**咱人**開春。」

咱人兩字說得豪邁，意思是：大海為咱討海人開門的正月立春。有別於岸上一般習慣使用的西洋曆法，討海人的開春正月，就是過完農曆年後，一般陽曆大概已經二月。

這一季，其實仍有冷高壓三不五時推著鋒面下來搗蛋，只是時勢已來到季候交界關卡，鋒面將一波波末梢，一波波萎縮。這時節，適合出航討海的日子將一天比一天穩定。

冷熱交替，這一季水氣濕重，海天之間似乎懸著如何也擦不乾淨的噴霧薄紗。霧氣瀰漫，海面沉凝，像是霧氣圍起了手臂低頭跟海面說話，為了上一季狂妄拉扯出的傷痕。

該安慰的、該修復的、該調節的、該收斂的，是時候了，海天之間遍撒讓人安心的和緩劑和膨鬆劑，這是個和解、表達善意、重新開始的季節。

擅於使性子的大海，脾氣變得一日日成熟穩定，不再動不動就狂飆，動不動就情緒激盪。

悄悄地，有什麼被改變了，緩緩地好像關起了幾扇門，同時，也慢慢打開了另幾扇門。不是按下開關，也不是切割兩斷。比較像是思想改變了，觀點改變了，態度改變了。有個重要關鍵不知覺中已經啟步，新的對待模式，新的關係一點一滴慢慢被捏塑出來。

正月立春，接著雨水，二月驚蟄而後春分，三月清明、穀雨，這一季陽曆大約落在二、三、四月，六個節氣共九十天，這一季是黑潮討海人的開春漁撈大季。

春的意象海陸相異、相同：岸上草長花開，海上魚族蓬勃。

表面文靜但內裡洶湧似火的黑潮，從來不曾因季節變化而停過其湍湍北上的意圖。即使隆冬嚴寒，黑潮仍然不顧寒風阻撓攜著南方暖意一路北上。究竟大洋開闊，無論遠近深淺，東部沿海海域的溫度速度鹽度和流向，完全開放，完全接受大洋浩瀚宏偉的滋養和調度。

開年開春一年初起，這一季，老天送給黑潮沿海兩道線索、兩套開春大禮。

季節動了，魚群動了，漁船跟著動了。漁人的心再也閒不下來。沿海漁船紛紛解纜出航。討海人曉得，老天致贈的海洋禮物將在這一季熱鬧冒出海面。

隨黑潮來到沿海的魚，通常隨流奔波四海為家，體型速捷，流線優美，體色樸素，牠們幾乎慢不下來停不下來，出生就是發射，落點就是死亡，一輩子衝動。

果然，第一道線索甚少遲到，開春的鞭炮才剛響過，第一波來到的魚群洶湧冒出海面。

絕非誇大形容，那簡直是海水沸騰了般，一沱沱魚群滾水般汩汩冒出海面。

也不曉得從哪裡來，或是被什麼吸引而來，一大群、一大群身長約六、七公分，身形細長，體態柔軟，討海人俗稱**苦蚵仔**的**日本鯷**，大群組團來到沿海。

苦蚵仔結群來到沿海，通常成千上萬密聚成一團。所有屬於食物鏈低階的生物，通常群體擁擠摩蹭，相互依偎，如無助的羔羊。牠們水汪汪眼珠子睜得又圓又大，這樣的圓眼，雖然看不遠，但左右兩眼各有一百三十五度視角，前後左右上下，群體中相鄰每位夥伴的動態與彼此距離隨時敏感掌握，因為無助，所以密密擠在一起，讓個體間仿如保持一定距離的鍵結，彼此連動互為，如此裝模作樣成一條外形凶悍的大魚。

沿岸航行

如此虛張聲勢，往往在遠距離或第一時間嚇跑掠食者。

這時，若是自高處往海面看，真像是澄藍海域飄來了一團團蠕動的烏雲。然而，當牠們群聚裝勢的詭計一旦被掠食者識破，**苦蚵仔**們僅有的武器，就是大夥擠在一起奔竄逃命，並犧牲掉落在群體後頭跑不快的兄弟姊妹們去填飽掠食者的口腹，換取跑在前頭優勝者的一線生機。

掠食者衝撞下，這團烏雲像一塊受強風牽扯四處漂蕩舞弄的鏽色絲巾，水裡頭漂搖四閃。水裡掠食者的攻擊發起，通常由下而上；掠食者像燃著火尾的砲彈，一顆顆自深處射向水面附近的**苦蚵仔**群。一次次側翻偏閃，一次次受迫逃竄浮升，**苦蚵仔**群一次次閃躲，一次次貼近海面。

整團密密湧滾的**苦蚵仔**群，被掠食者圍住，海面如一堵柔漾堅韌寬廣的牆面擋住牠們去路。情勢逐漸明朗，這一刻的**苦蚵仔**群已經被驅趕到牆圍角落，受圍受困。

落到這等局勢，**苦蚵仔**們明白，落出群體外的落單個體將毫無存活機會。離群死路一條，只好拚命往上衝，往上擠，爭先恐後地像是想要擠上牆頭擠破牆壁。海面因而掙出激烈水花，**苦蚵仔**魚體層層疊疊，一條條往上堆疊，真像是大鍋滾水將一大盆**苦蚵仔**滾擠出海面。

「趕快吃飽吧。」體能好的攀上魚堆高層，盼望掠食者趕快吃飽，就有機會逃過這次劫難。

「不要吃我，不要吃我……」被踩在底下的只能胡掙亂扎，往群體裡竄，祈求自己不是這場殺戮的犧牲者。

別以為將同夥踩在腳底下爬在上頭就一定占盡便宜。

這場盛大的水花騷動，早已引起空中掠食部隊的注意。以好眼力著稱的海鳥們，受這場騷動吸引，飛快自遠方盤旋而至。怎可錯過如此沸騰如此鮮美而且自動捧出水面的大餐。

一隻隻來到的海鳥，無須先後秩序無須號令無須隊形，立刻像攻擊發起的戰鬥機群，斜翅後縮，紛紛落成一隻隻犀利箭簇，凌空俯衝而下。

海面水花激盪，空中群鳥歡騰。

水面下，**苦蚵仔**主要的掠食者，漁人俗稱**煙仔虎**的**齒鰆**，也越聚越多。上下交相夾擊，雜沓湧出水面的**苦蚵仔**魚堆，很快就崩垮了。

這時，整個情勢已經超出強者勝出、弱者淘汰的生態規律。除了亂竄，除了祈求，除了命運，**苦蚵仔**群完全無助無奈。

禍不單行，殺戮戰場圈裡血水腥臊橫流，也吸引嗜血且嗅覺敏銳俗稱**長尾鯊娘仔**的**淺海狐鮫**，大老遠地就嗅覺這場血腥，先來後到地趕來加入這場熱鬧。接著，以合作獵食聞名的海豚家族，自然不會放過這場盛宴；海豚們的掠食更有戰略、更有效率，很快地掌握亂局，並且有效封鎖這群歹命**苦蚵仔**的最後一線生機。就連游速不快但滿嘴利牙到處亂咬亂啃俗稱**煙仔規**的**黑鯖河豚**，也被吸引過來，牠們游速不快無法直接加入戰局，但牠們大量群聚，貪婪地候在一旁，不放過撿拾撞近身邊的任何機會。過去漁產豐富的年代，老漁人說，有時也吸引遷徙過路的**正海翁**（**鬚鯨**），過來湊一腳分一杯**苦蚵仔**羹。

一家烤肉萬家香，**苦蚵仔**群幹麼來這裡受難赴死，來這裡犧牲奉獻？

不，牠們其實也是掠食者，同樣凶殘的殺戮情境，只是埋在水下進行而且規模略小，牠們回到沿海是為了獵殺一般稱為**魩仔魚**的魚苗。那獵殺模式差不多除草機一樣，當**苦蚵仔**衝進**魩仔魚**群，簡直蝗蟲過境。

長年用**雙拖網**捕撈**魩仔魚**的老船長說，只要**苦蚵仔**一來，**魩仔魚**就明顯減少。

規模再縮小一點，殺戮情境照樣凶殘，**魩仔魚**獵殺甲殼類浮游動物群，一口一隻，根本吸塵器強力吸塵同個模樣。

魚如流水的年代，大圈圈小圈圈，大循環小循環，生息緊繫著這由小而大，環環相扣相縈的犧牲系統，一圈圈盤轉出開春盛景。

老天開春給的第一道線索，**苦蚵仔**只是這道大線索中的一個小環節，往下、往上深遠看去，才能比較微觀、比較宏觀、比較完整看見開春鋪陳的這第一場禮儀似的鬧場鑼鼓。

這場牽連關係層層疊疊，無比龐瑣繁複。

其實我們不懂的比起懂得的多太多，這場熱鬧肯定是由一連串因緣際會所引發，也許根本原因只是**風停了**；也或許只是空氣中瀰漫的水氣啟動了水面底下的什麼小變因；也或許是，上一季寒風經營累積留在這一季呈現的複合作用……我們只能以少之又少的線索和現象，大膽推測，並浪漫想像，這一連串變化，也可能只因為風停了後海面有個聲音傳說：「風停了，起來吧，開春的鑼鼓就要鬧場。」

4

攔截

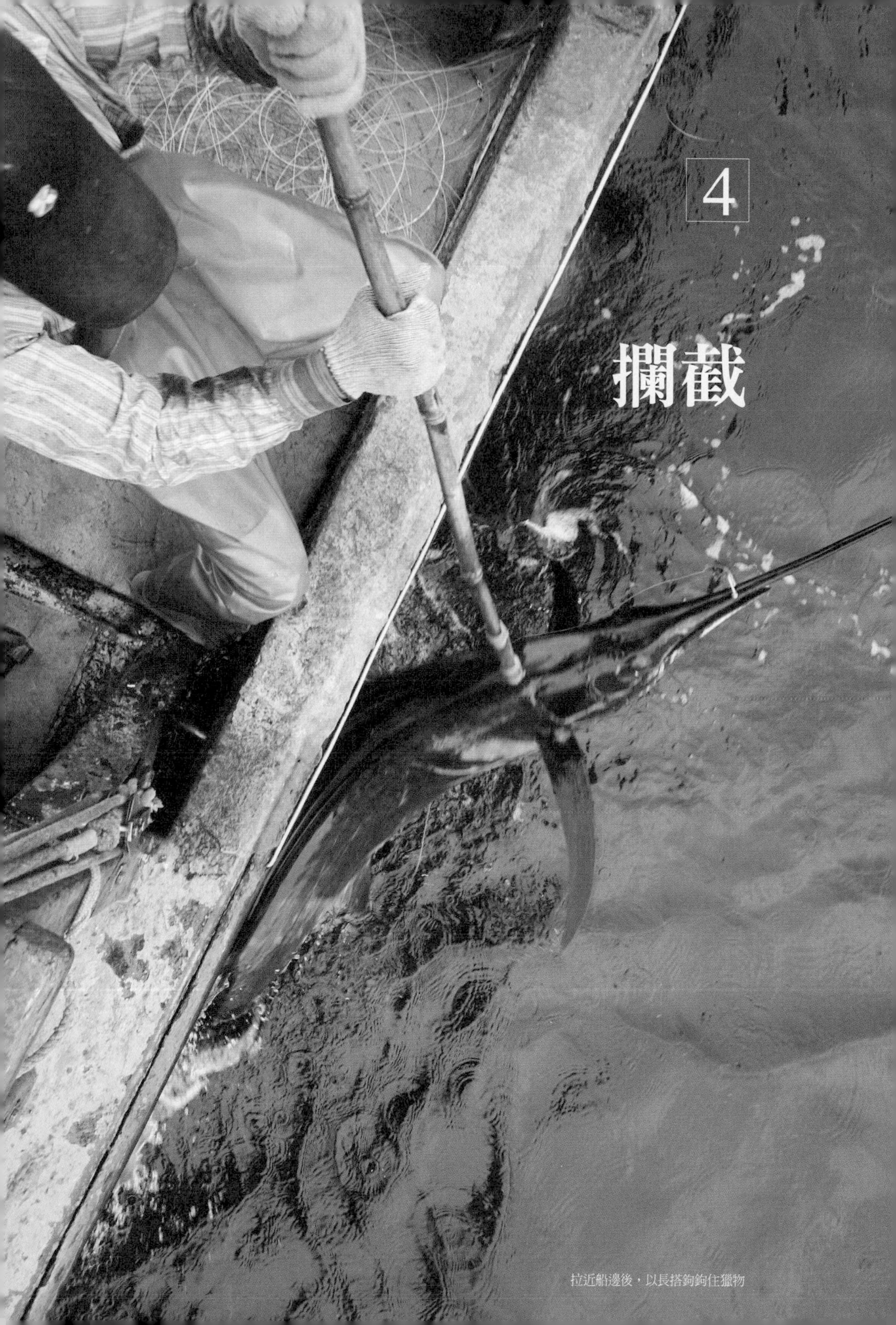

拉近船邊後，以長搭鉤鉤住獵物

不停湧動不息流轉，意志堅定的黑潮怎會想到，好比前方浪頭忽而仰拍近四千公尺高，湍湍流程中，怎會出現如此峻峭一堵大牆，攔擋在海流前進的方向。這座島，鋪展一列高山、一線岸緣，若不是山脈巍峨為據，小小一座海島哪來的氣魄橫擺出攔擋大洋海流的態勢。

開春後，海島港口灑出去的漁船，紛紛化為島嶼分身，在黑潮流經的海域裡橫撒漁具，準備攔截隨黑潮來到的魚群。

人類位居食物鏈高階，也號稱是最高階幾乎沒有天敵的強勢物種。人類是天生的獵者，更是擅長於使用工具的獵人。儘管我們只是貼著地表生活的陸生動物，但天上飛的、地上走的、水裡游的，必要時，都可以成為人類獵物，都可以成為我們的食物。

溪邊看見魚兒逆流而上，一千個人裡頭，九百九十九個的直接反應會是：如何捕獲？人類必須到食物不缺生存無虞的階段，才可能將物欲及獵性提升至滿足腸胃等級以外，才有可能放過生活周遭的這些鳥獸蟲魚。

人類歷史上比農業發展還要悠久的漁業，就是從「如何獲得水中游魚？」這樣的念頭為起步所發展出來的重要產業。

開春後的這場熱鬧，海域裡來了**苦蚵仔**、**煙仔虎**、**煙仔規**、**長尾鯊娘仔**……如果

鉤拉漁獲

你是漁人，你將鎖定哪種魚為攔截目標？

不同目標會有不同漁具、不同捕撈方式。用鉤子釣、用網子圍、用杓子撈、用誘餌騙……這不同階層的幾種魚中，除了**煙仔規**因為內臟具毒性不適合食用，春天這一季，有的漁人用網具攔撈**苦蚵仔**，有些漁船以拖釣方式捕抓**煙仔虎**，有些船用**延繩釣**釣取**長尾鯊娘仔**。

這多種多樣的漁撈方法和各種漁具，當然不會是既定的，也不會永遠一成不變，每樣漁法、每樣漁具都有其演進過程，也都有其脈絡傳承，從原始的、粗陋的，直演變到如今的模樣與規模。漁具、漁法的進步，除了是材質或工具的進步，也代表人類對魚、對海的更進一步認識。

更進一步了解海流、了解季候變化，

更進一步了解魚的性格、了解牠們的脾氣，了解牠們的欲求和顧忌。

為環境作設計，為魚兒們布置。漁業，是人類與海洋關係的緣起，漁業發展顯現人類下海攔截魚類資源的步驟。

5

苦蚵仔與煙仔虎

才從刺網取下來的鰹魚（煙仔），與煙仔虎不同

來了來了，大老遠的，藍色浪脈鋪陳的天邊，一艘沿海漁船悄悄航出海天界線。

船上只有一位老漁人阿溪伯，他坐在駕駛艙裡單手把舵眼睛透過前方小小窗格看向船前。阿溪伯年輕時就下海捕魚，海上歲月超過半甲子，多年海上操練，他的眼力不輸給海鳥，對大海透露徵兆的敏感度不輸給一隻靈敏的貓，洞悉漁場動盪的能力更像是一頭永久饑渴永遠守候著的掠食者。

忽然，駕駛艙裡阿溪伯掀動了兩下鼻翼，像是嗅覺魚腥，他從駕駛艙站起來，探身艙外，掃瞄似的小幅度轉了一下脖子。

沒兩下，阿溪伯就找到了腥臊味的源頭。他暫時放掉舵柄，站立左舷側兩眼專心凝望船隻左前。

約莫海浬外，遠方空中隱約紛紛點點似有飛鳥盤旋……距離遠，阿溪伯蹲低身子，皺眉瞇眼，進一步辨認。

是了，確定是了。

他凝視而皺起的眉輕輕放下，心臟激烈跳了兩下，精神一振但心情篤定，阿溪伯用他長滿厚繭的掌用力推了油門一把，另隻手往右後方壓住擺動不定的舵柄。

船隻左舷三十度迴轉，再次添了油門，引擎奮起一聲嘯吼，煙囪冒吐陣陣黑煙，船隻轉身邁浪，一下子就振作起獵者發現獵物的亢奮情緒。

阿溪伯眼線沉著，衝刺一陣子就看見了鳥群下方海面激盪著的一團湧滾水花。這時，阿溪伯轉頭，眼神匆匆溜了一下船舷左右斜舉著的長竿及其懸垂拖在船艉的釣繩。衝進這場熱鬧漩渦前，他以最快速度做最後確認，確認船上的拖釣漁具周全無缺。船舷兩側，往外各撐出兩根差不多五、六米長的孟宗竹長竿，從桿端各自懸住一條筷子粗的絞繩，絞繩上先是銜接一小段內胎橡皮，隨後整條絞繩延伸往後沒入濤濤艉浪裡。

這種漁法漁具一般稱為**拖釣**，正式名稱為**曳繩釣**。

阿溪伯這一眼回顧與確認，彷彿戰士衝鋒陷陣前以指掌抹過兵刃，除了檢查的意思外，也有祝福與誓師的意味。

除了左右長竿各自撐開一道漁繩，正中央船艉板上也繫了一道，阿溪伯這艘船一共拖住三道漁繩；這樣的拖釣漁法沿海漁人稱**帶魚仔**（**帶**是**拖**的加重音），漁具稱**艉繩仔**。

這時節拖釣的目標魚清楚明白，阿溪伯要攔截的是製造這場混亂的主要掠食者**煙仔虎**。

煙仔虎是俗稱，正名為**齒鰆**，成體體長可達七十公分。以身形大小對比，若形容獵物苦蚵仔是柔弱的小白兔，那獵者**煙仔虎**就形同強壯的大野狼。

煙仔指的是**鰹魚**，也稱**炸彈魚**，**鰹魚**因游速及身形流線如砲彈般矯健、速捷而得名。**煙仔虎**並不是**鰹魚**，但有類似**鰹魚**的身形流線。牠名字中在**煙仔**身上疊上個**虎**字，漁人對魚的稱呼中若加上**虎**字，通常是指稱這種魚行動特別快捷，獵性特別凶殘。

沿海漁人受教育程度普遍不高，但對於魚的稱謂，用字往往精準。**煙仔虎**三個字，以**煙仔**（**鰹魚**）身形為據引，疊上**虎**字，已經將**煙仔虎**這種魚的形體及行為特徵作了具象呈現。

煙仔虎正式名稱為**齒鰆**，**鰆**屬的魚類都有一口銳利好牙，名字又特別強調齒，是直接形容**煙仔虎**的滿嘴尖牙。

上述形容，有可能會讓人以為**煙仔虎**的長相恐怕是齜牙咧嘴蠻橫粗暴。其實不然，**煙仔虎**體型並不如一般**鰹鮪魚**那般硬漢似的飽滿腫壯，也不像高級獵者**鯊魚**，身上每個弧線都在展現野性力量。**煙仔虎**身上的紋絡，不過簡單幾道縱線黑紋相互平行，順序間隔，銀輝體色中帶點灰綠色澤；其身形樣貌可說是纖細斯文，加上眼神幾分溫和，若不是掠食時張嘴露齒，外貌看不出何謂獵性凶殘。

換個海鮮角度來比較，**鰹魚**血色墨濃，肉質粗，骨架硬，腥味重，**煙仔虎**肉質柔嫩，這時節又飽含油脂，可當生魚片食材。若問討海人比較**鮪魚**和**煙仔虎**，哪種是上選的生魚片？十之八九會毫不考慮選擇**煙仔虎**。特別**煙仔虎**魚頭煮湯，竟然香酥油軟，也因而漁人也稱**煙仔虎**為**帊骨仔**（酥骨頭）。

真是魚不可貌相，誰曉得長相溫和溫柔且骨頭酥軟的**煙仔虎**竟然獵性凶狠。

魚身紋絡色澤是牠們的環境保護色，也是牠們慣常的行為呈現。**煙仔虎**身上的直線條紋顯示牠們的行動力快速而直接，銀綠體色則顯示牠們擅長水表攻擊。牠們的獵性，**苦蚵仔**知道，老漁人也十分明白。

老漁人形容**煙仔虎**說：那根本是一群安靜的狼，一群斯文的殺手。

煙仔虎慣常在一團血泊中優雅而從容地殺戮。

老漁人曉得怎麼對付這種殺手。

拖釣用的**艉繩仔**下水後，連接著一段**鉛繩**，用以將整串拖釣擬餌壓下水面，接著銜接的是一長段透明**唐絲**（**玻璃絲漁線**），每道**艉繩**在**鉛繩**之後都拖住約三十門色彩鮮豔的**擬餌**。阿溪伯的船三道艉繩，他的船後亦步亦趨跟著一群九十門帶鉤的誘引。

阿溪伯所安排的餌鉤顧自成群，一隻隻披著螢光亮片，比**苦蚵仔**群耀眼不少。成串擬餌列隊整齊，形成船艉後一群鮮麗又秩序井然的隊伍。

阿溪伯曉得，**煙仔虎**這種魚最受不了這樣的誘惑；原因有點類似人類因制服而引發的亢奮情慾。

臨近熱鬧暴風圈時，阿溪伯再添了些油門讓船隻再次加速一頭衝入。

這時，**苦蚵仔**群被**煙仔虎**、被阿溪伯的船、被海鳥，海陸空交叉圍剿，顯然分裂為三個團組，這場漩渦的暴風圈範圍也隨著擴大。這裡一沱滾水冒出，還不及息謝，那裡又一沱水團茂綻。

獵者也跟著分頭分組，繼續追殺竄逃亡命的**苦蚵仔**群。

苦蚵仔群如鳥籠裡受驚嚇驚慌不定忽高忽低四處撲翅的小鳥群，這時機，阿溪伯驅船強勢介入，船艉拖著的每一門擬餌，都暗藏一根長柄漁鉤在裡頭；阿溪伯要**煙仔虎**深深吞咬他所準備的每一門誘惑。

大概有七、八艘拖釣漁船，一樣撐著兩側長竿，一搖一晃朝著這圈風暴前來。海域儘管遼闊，每艘漁船都如嗜血的蒼蠅，如敏銳的獵狗，海水裡每有動盪，空氣中好像都會散布訊息並廣告周知。海鳥知道，每艘漁船也會知道。這是獵者本能，無論經由嗅覺、視覺、感覺或直覺，說不明白，但追求者都必要具備這類精確的本能和本領。

率先衝入這場熱鬧的阿溪伯，他的船就像是一根帶線的引針，就要來縫合這場逐漸擴散的混亂。

阿溪伯站著操船，他一手握油門桿，一手把舵，準備好隨時反應下個動作。這樣熱鍋的漩渦裡，一秒差別或許就失去先機。

阿溪伯的腦子裡似乎透視著水面下的一切，由水面一朵水花滲入水面下一尾**苦蚵仔**，一圈漣漪跟著的就是一條**煙仔虎**，再緊跟著的就是他迫切的眼神。

拖釣作業

阿溪伯一鼓作氣衝進暴風圈後，海鳥們照樣落靶攻擊，不在乎阿溪伯的船隻介入。水下其他掠食者應該都殺紅了眼，照樣追擊**苦蚵仔**，一點也不在意闖進來的船隻。說闖入，其實是融入，融入這層層疊疊的食物鏈圈子裡。

這一融入，似乎只有斯文殺手**煙仔虎**深受影響。

看，忽然就來了一群多麼美麗又多麼整齊一致的隊伍，活鮮鮮的成串擬餌，如此行列有序地橫過**煙仔虎**的天空。

受不了了，受不了了！

目標轉向，**煙仔虎**們紛紛轉過頭來，望著這一列美麗隊伍從牠們頭頂橫過。

受不了了，受不了了！這群行為並不如表面斯文的斯文殺手，**煙仔虎**們，喜新厭舊地發起新一波攻擊。

受不了了，先衝過去，一定得先咬一口再說。

阿溪伯船隻兩側長竿，竿頭先是顫點了一下，像是禮貌上先打個招呼，緊接著，絞繩上那截用來緩衝拉力的橡皮胎接著扯動一下。

天空的雲朵舷邊的水流，忽然被拉被扯，旋即被拖拉成牽扯的絲狀。

這就是了！

阿溪伯默喊一聲，使勁又推了油門一把。

船隻用了最終力道奮力衝出。

兩側竹竿，如千斤萬斤忽然攀拉在竹竿上頭，竿身不堪負荷，咿咿呀呀歪歪、咿呀呀歪歪，響個不停，整枝竹竿向後彎成高度緊繃的弓弧狀。

那段原本小孩手腕粗、手臂長的內胎橡皮，這一拉一扯，再拉再扯下，竟然就扯成只有筆桿細流水長，如此這般不可思議的細細長長。

原本埋垂在水面下的三條鉛繩，勃起般，跳出水面，抖抖顫顫挺舉在船艉空中。

看起來，每門餌鉤似乎都咬住了一尾**煙仔虎**。

吸引**煙仔虎**密密索餌的關鍵，阿溪伯認為是漁具的乾淨、整齊。他曾說：「看，那艘漁豐號順吉仔，每一流（趟）**煙仔虎**至少拖個兩、三百斤（公斤），去看看他的

艉繩仔就知。看到沒，每個結都打得扎實細秀（細緻），這不容易啊，**唐絲**（透明魚線）要費多少力來催（催緊），才能打下這麼細這麼扎實的結；更難的是收尾，這種透明實心質性硬得跟什麼一樣的**玻璃絲**，不管什麼結打下去總會露個尾端，注意看，順吉仔他每個突露的繩尾，還用更細的**唐絲**一一纏綁收尾，無贅無礙，每個繩尾都被他收拾得乾乾淨淨。來，順便也看看他**艉繩仔**上繫著的每一門**滬盧仔頭**（擬餌），來，別客氣，提起來甩甩弄弄看，又鮮又軟又活，看了我都想咬一口，何況是**煙仔虎**。不像其他船許多粗魯的討海人，老是將滬盧仔頭綁得柴柴硬硬，又拖個繩尾刮水，一看就知道是假的，騙人無知，誰會想吃。粗魯的就騙騙粗魯的魚，像**煙仔虎**這樣斯文細秀的魚，一定得斯文對待。」

說著、說著，三道**艉繩**的張力都已經繃到了極限。

關鍵這一刻，時間是被計較的，多一秒可能斷裂，少一秒可能少一隻**煙仔虎**上鉤。

這如何是好？這一刻將如何抉擇？

還在猶豫、還在考慮，這已經繃到極限的短促剎那已經完全沒有絲毫空間遲疑，這時，當然更沒有知足常樂或貪婪失算這種陳義過高的討論空隙。

的確是攀到了高潮頂點，飛上了最高點剎那，那破嗓前的尖叫聲中，阿溪伯忽然抽手拉掉油門。

沒有人曉得這抽手時機點的判斷與選擇有何依據，也許，只有老漁人的經驗本能和一直瞪著他看的天神知道為什麼。

阿溪伯的回答倒是自在，他說：「不然就斷掉了。」

退下油門後，船隻怠速，阿溪伯隨手將舵柄圈兩圈橡皮固定方位。回頭看一眼**苦蚵仔**和**煙仔虎**激起的那圈風暴漩渦，被阿溪伯驅船輾過並勾引部分獵者轉移目標，部分狼群硬是受誘惑被老漁人拖離核心，狼群原本旺盛的慾望似乎打了折扣，這場熱鬧倏地沒落許多，疏落地逐漸落在阿溪伯船艉。

隨後趕到的漁船，也像一根根帶線的縫衣針適時加入戰局，繼續亂針綴補剩下來的一團混亂。

暴風圈裡的海鳥似乎不再那麼激情，海面滾出的水花好像也失去了剛才的興頭。爐火頂旺的那一刻似乎已經過去，誰也沒把握，這團火熱還能依持多久。

不擔心，這一爐熄了，那一爐又將燃起。

開春後，風停了，老天給的不是一爐，而是一季。

阿溪伯是幸運地趕了個頭香。

大勢底定，阿溪伯帶上棉紗手套，走到艉甲板，攀拉船艉板上繫著的這道**艉繩**。

果然，一鉤一條，**煙仔虎**鄰鄰鄰（沒有間隔），從繩頭到繩尾掛了滿串。

6

記得

老漁人

記得，**煙仔虎**時節一到，每天傍晚，拖釣**煙仔虎**的漁船紛紛返港，每一艘都肥肥油油，每艘船的漁艙隨便也都裝載了一、兩百公斤**煙仔虎**。船身沉著，引擎一記記扎實敲著暗暗歡喜的鼓聲。

船隻排隊，等著泊靠漁會碼頭，等著卸魚、磅魚，等著讓買魚的漁販看魚的人潮團團圍住。這季節的漁人大可挺起腰桿，或許響亮吆喝個兩聲：「閃啦（讓一讓）！」展一展漁人滿載的風光。

每一條**煙仔虎**都是**泡水冰**（漁獲泡在碎冰加水的漁艙）上來的，每一條都是活鮮鮮正港的**現撈仔**（未經冷凍處理過的漁獲），**煙仔虎**鋪滿整座拍賣場，漁人、漁販場子裡忙碌穿梭。

「閃喔，閃喔」，讓一下，讓一下，後面進場來的**煙仔虎**陸續擠進拍賣場。空氣裡蠅蠅嚷嚷，四處擁擠著團團腥臊飽滿的歡喜與慾望。

老漁人說：「這水（季）**煙仔虎**期，自開春延續到咱人三月二十三媽祖生為止。」這一季火燒水滾的**煙仔虎**期，這場老天給的第一道開春線索，沒想到，竟然這麼豐盛地延燒沿海海域達三個月之久。

二十多年後回到漁港，回到多變的春天。

泊在港渠裡的沿海漁船

漁會卸魚碼頭沒看到半艘船泊靠，漁市裡除了擺一些**箱仔魚**（外來的養殖魚類），只躺著冷清幾條雜魚，沒看到半條**煙仔虎**；拍賣場零落沒幾個人。

沒有魚，沒有人，海風蕭條地穿梭在空盪盪漁市。

拍賣場邊遇見已經七十好幾的老漁人阿溪伯。

好久不見打招呼問候：「還在討海嗎？」

他微笑回答：「閒閒只討些輕苦海。」

「還這麼勇健。」七十好幾，走路還有風的確實不多。

黧黑皺紋裡露出笑容，阿溪伯回應說：「還可以，還可以，這樣年紀加減還能出海走走，加減收入一些魚仔，已經很滿足了。」

問起今年的**煙仔虎**漁況，阿溪伯收起微笑，輕輕只回答兩字：「沒來。」

「沒來，還是慢來？」

「唉，」大大嘆了一口氣，阿溪伯說：「我看，是不會再來了。」

問起過去這季節海面習常湧滾的**苦蚵仔**現況，他無奈回答說：「早就絕種。」

談起二十年前同個海域，同個漁港進出的某某漁人。

啊，老的老、病的病、走的走，二十年光陰說來不長不短，照理說，還不至於形成時代刀刃，分明切割豐盛與蕭條截然不同兩個世代。

但事實情況確實如此：魚不來，船閒著，人走了。

二十年前的榮景，對比如今的蕭條，已經沒有恰當字句來形容這樣的落差與我心底悲傷。

二十年後終於再次回到沿海漁港，回到我離岸出海的起跑點上，只是，多變的春天讓人心情沉重。

我決心回來，試著從記憶裡回到沿海。

將要面對的或許不堪，或許悲傷，但心裡明白，這是責任。多麼幸運，因緣際會下我曾經參與了一段黑潮沿海漁撈，儘管相隔一段歲月，魚類資源與漁撈狀態也已經完全改變，但是，似乎不應該就這樣讓這段豐盛榮耀的沿海年代，如舷邊流過的海波，隨一代代老漁人的凋零而不留痕跡完全消失。

我必要回到沿海，留下紀錄，見證我們沿海曾經的歡喜與悲傷。

漁人組成的遊行隊伍敲鑼打鼓鞭炮熱鬧，
他們高高興興抬著媽祖神轎，
讓媽祖開開心心遶境巡視，
賜福給祂轄內的每艘漁船、每個漁民。

也有些漁港，組成遶境船隊，
請媽祖登船，巡視廣闊海域。
漁人傳說，這一天，大鯨、
小魚都會浮出海面拜媽祖。

7

媽祖生

媽祖信仰是台灣漁人的共同信仰，幾乎每座漁港附近都有媽祖廟、天后宮；媽祖如海神般受漁人尊崇。

農曆三月二十三，媽祖生日，這一天，港邊媽祖廟熱鬧，漁人們換了豔黃色衣服，揭媽祖神轎巡港。

漁人組成的遊行隊伍敲鑼打鼓鞭炮熱鬧，他們高高興興抬著媽祖神轎，讓媽祖開開心心遶境巡視，賜福給祂轄內的每艘漁船、每個漁民。

也有些漁港，組成遶境船隊，請媽祖登船，巡視廣闊海域。

漁人傳說，這一天，大鯨、小魚都會浮出海面拜媽祖。

媽祖當然樂意賜福漁人海上平安，也樂意祝福漁人滿載豐收，但同樣的，大鯨、小魚同樣也都是媽祖的子民。

我想，祂一定不願意漁人毫無節制地捕撈，破壞了祂轄內由高貴犧牲所支持的永續不息生機。

春天這一季，恭逢媽祖誕辰，海域由各種魚苗組合成的**魩仔魚**先發，組成熱鬧的遶境隊伍；隨著來的**苦蚵仔**群擔綱第二個遶境隊伍，**煙仔虎**和**長尾鯊娘仔**，隨後是第

航出花蓮港港嘴，小漁船將俯仰面對渺茫大海

三、第四個隊伍。

有天，和阿成伯海上拖釣**煙仔虎**，好幾艘漁船熱鬧漩渦裡衝刺後，都停在海面收拉**煙仔虎**。又是豐收的一天。

苦蚵仔群被**煙仔虎**衝撞得驚惶不定零落四散。

相隔不遠，一艘動作快的鄰船已經拔完了上鉤的**煙仔虎**，一群**苦蚵仔**胡竄亂逃，恰好就衝到他的船邊。船上那漁人，看來年輕，順手就拿起舷邊的手撈網，往舷外黑黝黝滾動著的**苦蚵仔**堆裡一插、一撈。滿滿一網袋**苦蚵仔**很快就被他撈上甲板。

「啊，魚嘛欲，蝦嘛欲（魚也要，蝦也要）。」阿成伯不以為然地唸了一句。

當時，**苦蚵仔**多到有時整群被浪沖上灘岸。那年代岸上牽罟（**地曳網**）捕抓**苦蚵仔**，灘上還得架漁寮，設大灶大鍋，苦蚵仔體質軟，一網上岸得先大鍋滾水裡燙熟，比較容易運搬及收藏。不過約二十年前，新聞報導：「**苦蚵仔**群塞住了核電廠冷卻水過濾網……」，那年代**苦蚵仔**竟然多到能塞住海水管的抽水濾網。

當年也不少漁船專門以**延繩釣**或**鯊魚流刺網**，捕抓**長尾鯊娘仔**。後來，**魩仔魚雙拖網**盛行，到處都看得到賣**魩仔魚**，餐桌上也常吃到**魩仔魚**。這些，阿成伯都同樣那一句話：「啊，魚嘛欲，蝦嘛欲。」聽得出來，他認為不應該這樣。我問過阿成伯：「自己抓**煙仔虎**就可以，為何他人抓他種魚就不應該？」阿成伯簡單答了句：「通吃就通賠。」

直到許多年以後，才完全明白當年阿成伯「通吃就通賠」的天理。

媽祖是海神，遶境隊伍中，有魚、有蝦，漁人只是其中一個小隊。若龐大熱鬧的遊行要繼續遶境，必要留些魚，留些蝦，漁人這小隊才有機會繼續走下去。

8

飛烏與飛烏虎

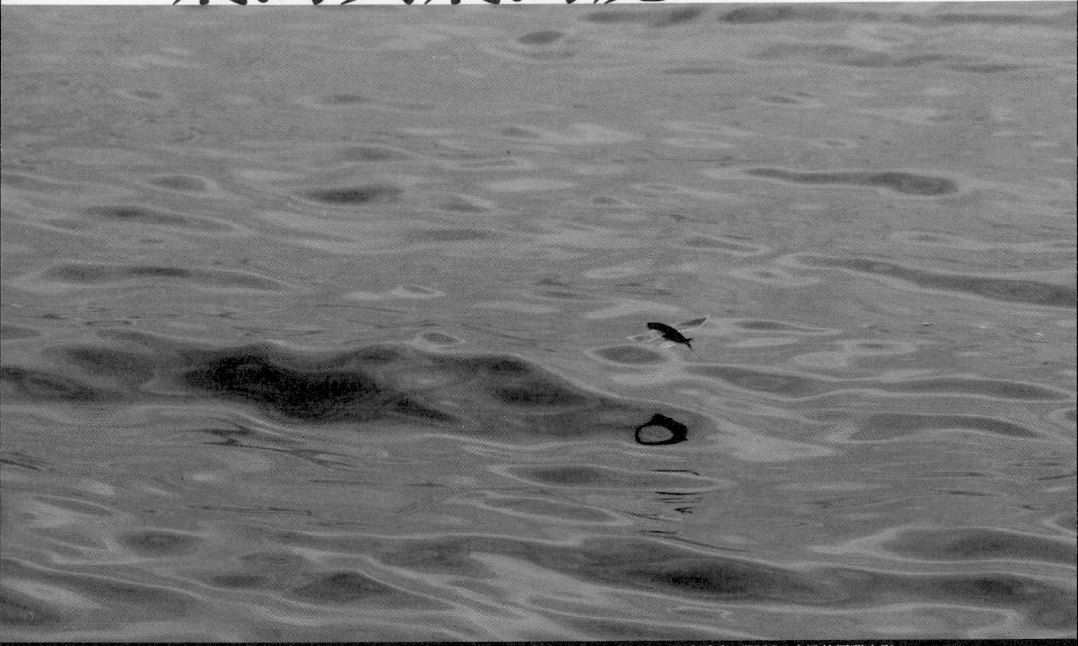

突破水面限制，才見其優雅身影

農曆三月二十三媽祖生過了，**苦蚵仔**、**煙仔虎**串起的這一季熱鬧，忽然間消失得無影無蹤。

會不會是時辰到了，媽祖婆出來說：「來來來，小朋友們都回來了。」

小朋友們聽話，整串就這麼給收回她的囊袋裡去。這時，討海人說：「**煙仔虎**期，這流水就過去了（**齒鰆**汎季，流水般過去了）。」

陽光底下沒有不散的宴席，落花流水，這場熱鬧確實是流過去了。

之後，陽光起身愈早，沿岸刺桐花紅豔豔枝頭綻放，迎海山壁上的野百合也已悄悄含苞。海面霧氣氤氳，日曬矇矓。風停後，將近三個月關起門來將大海褓抱在霧靄裡的撫慰與呵護，果然見效，海況一日日平穩。

回收了上一波熱鬧後，媽祖婆不會讓舞台就這麼空著。時勢出英雄，不同條件孕育不同角色，新背景將有新風景。生日過後，媽祖婆低眼微笑，挪在胸前的手指微曲微張，她溫柔抬眼，指頭往外輕巧一彈，眼神順著翻開來的掌心看向遠方。

遠方海面於是有了漣漪，有了波紋。

來了，來了，漣漪波紋紛紛漾漾，一波波從遠方天際粼粼湧向岸來。

新戲開鑼。

比起上一季熱鬧，這波來的並不擁擠湧滾，而是紜紜揚揚，輕盈點踏海面紛飛前來。

這水（這一季）來的，是討海人稱為**飛烏**的**飛魚**。**飛烏**群以外，後頭緊緊跟著來的是一大群稱為**飛烏虎**的**鬼頭刀**。這**飛烏虎**和**飛烏**，一字之差分別獵者、獵物，而且，兩者都各自具備**飛**名。春末時分開啟的這一水熱鬧，舞台自水底延伸到海面，打破這柔柔漾漾的介面，這兩個要角經常穿梭海面飛躍於空中。

飛魚其實並不飛，牠們只是貼著海面滑翔。某些原因讓**飛魚**一鼓作氣衝出水面，牠們立刻奮力顫擺尾鰭，並將伸長的下尾鰭點撥水面，像在高速撸槳，比起蜻蜓點水高明許多；點、點、點……海面受牠們踏點留下一圈圈擴散的漣漪。得了勁道，得了海面反彈的風勢，**飛魚**瞬時張開帶膜的頎長胸鰭，乘勢貼著水面往前滑翔。

數十、數百公尺，隨便一條**飛魚**也都輕而易舉。一段距離後，當滑翔漸漸乏力；沒關係，必要時**飛魚**只要再次顫擺尾柄，讓下尾鰭再次踏點海面，點、點、點……海面又串起了一圈圈漣漪，**飛魚**接續就能再來一段數十、數百公尺的滑翔。

海面上、下，仿如白晝和黑夜，兩個空間隔著薄薄一層水面，但質性迥異，屬於水裡的和屬於空氣的各有其分。突破之間的界線，像是挑戰老天的安排，除了理由必要充分，更需要堅定的意志和力量。

飛魚辛苦突破飛出，當然不會是「為了生命需要高度」那麼形而上的理由，也不會是「為了好玩、為了飛出海面看風景」如此浪漫情境，當然也不會是「為了換氣呼吸」等生理需要，更不會是虛榮地「為了贏得注目獲得掌聲」。

我們大可浪漫想像，但**飛魚**其實並不愛飛。

衝破水面除了耗費體力不講，空中滑翔應該還得憋氣吧。想想，大海茫茫，夥伴們飛來竄去，好不容易終得碰在一起，誰曉得，不過稍微一陣驚慌，大夥一起衝出水面，各自逃逸又四散紛飛。

飛魚們的每一場聚會，似乎注定都是短促的情緣。

不管哪種**飛魚**，牠們頭部一般長得十分堅硬，像埋了個硬殼頂在頭部，會不會是衝起撞落快動作下免不了碰撞，為了飛航安全，每條**飛魚**都戴了頂內建式安全帽。

只是海上這麼多年，從來沒看過**飛魚**空中**撞機**事件。

凡是有意識且屬於食物鏈低階的生物，因為掠食者眾，牠們的行為一般警覺、驚惶，緊密地聚擠在一起，處處疑神疑鬼，最怕風吹草動。

飛魚靠岸的春天，鬼頭刀隨後跟著來

緊張是牠們的生存本能。

飛魚算是海洋食物鏈中的低階生物，但牠們並不像其他低階魚類無助地如羔羊般密聚成一團。因為飛魚們超級敏感，動作飛快；一般動作快指的是「聽到聲、看到影」毫不考慮立即反應，飛魚們是「聽到聲、看到影」之前就動了起來；牠們動不動就閃、就竄，不易聚成大群體。飛魚們是緊張族群中的超級緊張大師。

水面底下，幾乎沒機會看見飛魚稍稍靜下來、定下來的形影，老是神經兮兮，像個隨時都在起乩狀態的乩童，不時抖咧抖咧晃咧晃咧，沒個瞬間定得住自己。

牠們的日子總是提著警覺，絞緊神經，沒事也會隨時練練反應，隨便就來個左閃右撇，無論是真行為或假動作，無論

體型粗壯的黑鰭飛魚

活著的魚身上呈現亮眼的金屬光澤

斑紋飛魚如蝶翼斑斕的胸鰭

有心或無意，讓人以為掠食者虎視眈眈神出鬼沒隨時與牠們常相左右。

稍微不對勁，**飛魚**們蹦一下就彈跳空中逃離水域，並且，滑翔離開一段安全距離。**飛魚**們彷彿認為：先做動作再說。這也才有機會檢討這樣倉促竄逃到底有沒有意義。

「不顧一切，先逃再講。」是**飛魚**們大海中的生存哲學。

誰讓牠們這麼驚驚惶惶，這麼神經質，這麼沒安全感？**飛魚**們的生活環境還真像是高壓統治戒嚴時期草木皆兵的白色恐怖時代。

誰願意這樣「驚驚勿會大漢，惶惶勿會出脫（受驚嚇的孩子長不大，害怕情況下成長的孩子不會出色）。」

啊，攏是環境來造成。

沒錯，都是俗稱飛烏虎的**鬼頭刀**所造成。

又是**虎**，又是**鬼頭**，又是**刀**，這等掠食者，單單名字也讓人覺得若不是青面獠牙也絕非善類。

難為**飛魚**了，難怪牠們早已練就一身「先逃到空氣裡再講」。（稍後再來談**鬼頭刀**這厲害的狠角色，暫時先回到可愛又無奈的**飛魚**身上。）

飛魚一舉突破水面張力，突破介面限制，點、點、點，水面踩踏款擺漣漪，從容舉翅，海面滑翔。若不知避難實情，實在會讓人以為**飛魚**逸出框限多麼悠閒優雅，多麼從容不迫。

也算是吧，當**飛魚**出水滑翔這一刻，相對於水面下的牠們，空氣裡翱翔這一段可說是**飛魚**們最穩定的形影，也算是牠們這輩子中美好而安全的境況。

水面下的驚惶無奈是殘酷現實，水面上是逃避到另個空間的美好。然而，當水面上下兩個空間頻繁切換，不得不飛起撞落，牠們的體能和心情何以承受如此折騰。

水面上可以圖個暫時輕快、暫時輕盈、暫時優雅，無奈的是，無論如何，水面底下還是**飛魚**現實的家園。

沒有永不降落的飛翔，沒有永不靠岸的航行。

再長的滑翔，再怎麼出世的逃避，最後都免不了墜回水面，落回現實，落回與**鬼**

頭刀共處的世界，落回撇撇閃閃神經兮兮的日子。

但就是因為動作快，就是因為有能力逃到海面滑翔，至少**飛魚**們不必挨挨擠擠像一群無助的羔羊，遭受攻擊時也不必被動地、無奈地只能以犧牲夥伴性命來換取一絲生機。

總是多一樣能力，多個選擇，少點無助。況且，沒多少生物有這種逃避到另個空間的能耐。

生態位置往往與生注定，身分無法改變，再怎麼逃也無可逃避如影隨形的生存陰影。任何生命都不可能徹底擺脫宿命的糾纏。但是，經由一次次努力，可能有機會逐漸改變自己面對問題的能力。飛得更長一些，逃得更久一點，新的生機，也許就出現在這一些一點之間。

如此警覺，如此挑戰自我能力，又如此反應靈敏行動速捷的魚，照理說，無論用網、用鉤，要撈捕**飛魚**恐怕並不容易。

但漁人還是從漁撈經驗中發現了**飛魚**們的致命破綻。

大多數魚都有趨光性，**飛魚**也是趨光性魚種不足為奇，但是，**飛魚**的趨光性竟然非理性到將近瘋狂的地步。

陸地上百合花開就是黑鰭飛魚來到的季節

是不是海水裡太肅殺太森冷太黑暗，夜裡，漁人只需在舷邊點一盞燈，**飛魚**們簡直飛蛾撲火般，朝著光源奮身出水，不顧一切地衝撞燈火。不長翅膀還好，就是因為擅飛，經常衝撞燈火後就跌落在漁船甲板上掙扎翻跳。沒有水面跑道牠們再也飛不起來。

討海人說：「飛烏起來吃火（**飛魚**飛上來吃燈光）。」

若是飛蛾還好，究竟空氣裡的動物，只要粉翅未被焚燬，或許甲板跳兩下後旋身再起，但是，因為衝撞燈火而跌落在甲板上的**飛魚**，如同擱淺，只能在甲板上缺氧抽搐，掙扎著等待毫不留情的死亡降臨。

真是的，光線又不能當飯吃，但**飛魚**

們似乎真的就這樣認為。

漁撈若只是點一盞燈，被動地讓**飛魚**們零零落落自己飛上來撲火自焚，這未免也太小看漁人的智慧。

不如就設一盞防水燈泡，大大方伸入舷邊水下，光線在水裡更是如波受漾折射反射繞射亂射，大老遠地就將光線的指頭飄忽四散勾引生活中缺少溫暖的**飛魚**前來聚集。

彷若蒙主寵召，**飛魚**們大老遠地就受到這盞光的吸引和招喚，竟然就密密麻麻癡癡傻傻楞楞地團團圍住這只燈泡，一起**吃火**。

啊，不過區區一盞燈泡，竟然黏癡癡地輕易就騙取了**飛魚**們尋常的敏銳和警覺。

誘惑通常無法合理分析。

這時，即使所有漁具中最遲鈍最笨拙的手撈網，也能從容而大量地，一網杓一網杓，撈取船邊受光迷惑傻楞楞的**飛魚**們。

若以為漁人對漁撈的欲求如此就得到滿足，恐怕也太小看他們的胃口。

靠臂力藉網杓撈捕**飛魚**，漁人恐怕會笑著說：「騙人沒頭殼。」意思是，蠢蛋才會做蠢事。想想，滿滿撈住**飛魚**那網杓子，因為魚的重量加上水流阻力，恐怕不只笨重足以形容。再怎麼粗壯孔武的手臂，恐怕撈個兩三下就得罷手放棄。

9

牽草罟

飛魚群衝入網口・網袋收攏

無論如何，漁人要的是漁獲量。於是，更大量且省時省力，更有漁撈效率的漁撈方法被一步步發展成形，又一步步被更新的漁法取代；再發展，再取代……跟人類其他領域的發展模式幾乎一模一樣，也完全符合人類擅用工具及好逸惡勞無盡貪婪的本性。

牽草囝正式名稱為**飛魚追逐網**。這種傳統的**飛魚**漁撈作業，不用燈火作餌，不必利用黑暗，漁人豪邁地放棄**飛魚**致命的誘惑，大大方方地就在大白天進行漁撈作業。

這種漁撈所運用的，想不到，竟然就是**飛魚**特別警覺、特別緊張的魚性。

討海人將大大小小各種各樣的漁網統稱為**囝仔**（音似苓雅；高雄「苓雅」區聽說就是過去的曬網場而得名），**草囝**是所有網具中，唯一沒有經緯網絲也沒有任何網目的漁網。

這種漁撈說仔細了還真是欺侮**飛魚**，這**草囝**其實只是一條約百米長的繩纜，上頭繫了許多稻草（比較現代的**草囝**上頭還加了許多色彩豔麗的塑膠絲）。**牽草囝**作業時，兩艘漁船各持這道繩纜其中一端，船隻間拉著這道繩纜，在**飛魚**漁場劈著水面拖行，繩纜上繫著的那些稻草，這一拖動後將成排在水波裡晃動。

緊張嘛，**飛魚**群竟然就這樣不敢穿越，不敢竄出這條稻草繩纜底下。

就這樣，被這道**草囝**，竟然就被這道偽網、擬網、虛網驅趕成一堆。

圍住一群飛魚

大群**飛魚**就這麼撇撇閃閃飛飛撞撞衝在這道**草囹**前頭。

有時優點反而是導致失敗的缺點，長處反而是致命短處。

當**草囹**前頭受驚嚇、受騙的**飛魚**聚集夠多了，船長朝船前揮揮手打個訊號，通知前頭等在海面的兩艘小筏，讓他們撐開漏斗口似的一張小型圍網。

這張**圍網**網絲細秀，盡量隱形，但確實是一張會圍住**飛魚**去路讓**飛魚**致命的真實漁網。

兩艘小筏於是八字斜角張開，撐開這張**圍網**，網子咧著嘴張開口，部署完成準備妥當，撐著大口等在拖曳前來的**草囹**前頭。

飛魚群因為戒慎緊張而受**草囹**這道假

網驅趕，整群傻呼呼地被趕進這張守候著的真網網口。

飛魚何等警覺，這張等著牠們的**圍網**，網絲儘管細秀隱匿，但牠們十分敏感，立刻察覺不對。

衝在最前頭那尾**飛魚**即刻以行為示意：「前有埋伏！」

接受警告，群體回頭就要突圍。

漁人網口收攏動作遠比不上**飛魚**速捷。

眼看入網的**飛魚**群轉頭就要衝出，煮熟的鴨子插翅就要飛走了。

這時，等候在一邊的母船早已衝足馬力，衝到網口外緣，下蛋般，噗通、噗通……每隔一小段，就跳一個漁人下海……

十數位漁人迅速依序深水炸彈引爆般，在**圍網**網口海面排列成一道弧線，激起一沱沱水花。

這由漁人跳海炸開來的水花，讓轉頭竄逃的**飛魚**們猶疑了一下。

就這一下遲豫，跳下水這些漁人，已經在**圍網**網口圍起了一道稀疏人牆。

「什麼跟什麼啊？」這時，**飛魚**們一定這樣想。

這道稀疏的人牆，竟然又變本加厲就在網口外緣一個個手舞足蹈了起來，企圖驚嚇或擾亂想要突圍的**飛魚**群。

飛魚追逐網最後關鍵，將飛魚趕進網口

母船伸出大網杓，撈取受困網袋裡的飛魚

水下這些手舞足蹈的漁人，他們其實明白，這麼做只是裝模作樣，事實上沒有任何人、任何人牆，擋得住水裡流水般竄游的魚群；何況是敏捷無比的**飛魚**們。

其實，**飛魚**們只要不顧一切地衝衝衝，那些個在水裡頭滑稽跳舞的陸地動物，這一刻即使老天特別慷慨給了他們三頭六臂，也都無法稍稍攔擋住**飛魚**的去勢。

如同之前**牽草罟**階段，**飛魚**們只要敢去衝撞那道偽網，牠們就會發現，所有困圍住牠們的盡是裝模作樣裝腔作勢裝神弄鬼的虛偽與虛假。

整個漁撈過程，牠們是一直被漁人布設的虛影晃影給困住了。

再嘆口氣吧，好路不走走歹路，開闊路竟然走成窄短路，一念間的差別，最後，**飛魚**竟然還深受水底下這些漁人故弄玄虛的驚嚇，再次傻呼呼地，寧願再次回首，成群衝進那看起來溫和平靜卻是地獄般讓牠們再也飛不起來的**圍網**網底。

牽草罟作業其實處處破綻；不是安慰你，整個漁撈過程中逃漏的**飛魚**應該不在少數。而且，一趟作業需用這麼多人力，**牽草罟**這種漁撈，只能算是傳統且未具效率的落後漁法。

如果以為漁人就這麼粗魯率直到那麼不懂得變竅，那就太小看漁人的能耐。如果以為人性中純真的貪婪果真存在，那人類就不可能成為出色的獵人和漁人。

每位達悟漁人都清楚曉得，一個人，一艘小船，一張**飛魚流刺網**，加上一盞燈，漁獲效率不會輸給一群漁人表演水中芭蕾似的**牽草罟**。

更何況，目前普遍執勤中的大規模現代化**燈火漁業**，他們以強烈燈光聚魚，復以大型圍網將誘聚的魚群一網打盡。

對比之下，**牽草罟**還算是比較符合生態保育觀點的傳統漁撈，但相當弔詭的是，越是符合保育觀點的漁法往往越不符合漁撈效率，也就注定要被時代淘汰。

目前整個黑潮流域只剩下恆春半島還在**牽草罟**抓**飛魚**，而且，可能不得不結合觀光活動轉型為休閒娛樂漁業，才有機會繼續**騙**下去。

捕魚那些年，好幾次見到飛烏虎海面側身快躍，
自側船艉踏浪點出，連續躍進，
海面劃一彎長弧波瀾，橫過艉後，
就為了側襲舷邊驚起海面的一條飛魚。

10

飛烏虎

一身亮麗，獵性凶猛的鬼頭刀

屬於**虎**字家族的**飛烏虎**，也有人稱牠們**鯕鰍**，或**鱰魚**，英文俗稱**海豚魚**。海洋文學經典名著《老人與海》、《孤舟渡重洋》的篇章中都出現了**鬼頭刀**身影。名字很多的魚，通常表示這魚面貌多樣，而且與漁人關係頻繁而密切。

黑潮近岸流過台灣，為我們帶來不少經濟性魚類，其中又以**立翅旗魚**和**鬼頭刀**兩樣為沿海主要漁獲。**立翅旗魚**屬於冬天大戲；**鬼頭刀**則由春天跨季到整個夏天都是泛季。

飛烏（**飛魚**）的主要獵者**飛烏虎**，當牠的獵物逃竄到空氣裡滑翔，**飛烏虎**一定得具備特別能耐才有機會吃到獵物。**飛烏虎**泳速快，爆發力強，牠眼睛位置鄰近嘴邊，眼珠子翻轉靈活，有利於快速對焦，鎖定飛竄的獵物。牠體魄矯健有本領在海面上連續豚躍前進。**飛魚**逃命在前，牠兩眼緊咬獵物並豚躍尾隨不舍追獵，也因而被稱為**海豚魚**。

捕魚那些年，好幾次見到**飛烏虎**海面側身快躍，自側船艉踏浪點出，連續躍進，海面劃一彎長弧波瀾，橫過艉後，就為了側襲舷邊驚起海面的一條**飛魚**。

哇噢！那簡直是武俠小說中的武林場景。

這條原本跟在右舷後的**飛烏虎**，遠遠瞥見**飛魚**自左艉舷躍起海波，牠即刻躍身破水，海面碎步急轉，**海豚**般點波踏浪，乘著風一樣的速度橫過艉後，側身進逼飛起的

飛魚。

飛在左舷外這尾**飛魚**，以為已經逃開安全距離，沒想到，一股殺氣騰騰的刀氣，洶洶尾隨。

何等敏捷，知道不對，**飛魚**立刻傾翅斜飛，空中逆勢小彎急轉。

鬼頭刀更是俐落，不出鞘則已，一出手便要見分明；牠躍水的花浪倏地急轉，瞬間跟住**飛魚**轉弧；如一場臨貼海面的低空空戰，飛在前頭的**飛魚**已經被跳躍緊隨的**鬼頭刀**咬住航跡。

鬼頭刀刀勢迫切，一再逼近；甚至已經超越**飛魚**。

鬼頭刀空中迴身逆擊，那是最終一躍了。

身體是刀、嘴頷是刀，雙刀併出，剎那間，**飛魚**自空中硬是被**鬼頭刀**給砍落。

撲通一響，迅速埋葬了這場空中獵殺。

海面留下一朵漣漪，無盡盪漾。

空中攔截以外，聽說**鬼頭刀**也能張著大眼，以爆發泳速水面下瞪住、跟住水面上竄飛的**飛魚**。**鬼頭刀**心裡明白，只要耐心跟隨，逃出海面的**飛魚**早晚將落回水裡，落回牠彷彿塗著藍色唇膏堅硬若砍刀的嘴裡。

快、狠、準，**鬼**、**頭**、**刀**，恰如其名。

前面提到**鬼頭刀**青面獠牙，不，牠們牙齒短而細緻，好好地都藏在嘴裡，沒一顆暴露在外；青面倒是真的，甚至還塗著微笑般的詭異藍唇。

水表附近活動的浮游性魚類，通常以黑、深藍、灰、銀、白為其主要體色，用周遭主體顏色隱藏自己、保護自己，但**鬼頭刀**一身亮麗，鮮黃、鮮綠、鮮藍，身上藍點部分還不時發著耀眼螢光，像是自願放棄保護色，並打著旗幟招搖自己的存在。

長成那模樣應該無關美醜，但**鬼頭刀**的確體色特殊，長相出眾，行為招搖。這與愛美、愛現更是無關，牠們應該也不是那種白目性格，不顧安危就是要耍酷耍帥。

我的觀察，發現牠們倒比較像是大辣辣個性，傻大個兒般，什麼都不怕什麼都不在乎。

鬼頭刀游姿從容，時常悠緩游過舷邊如在漫步，悠閒模樣常讓人覺得牠們不是粗魯驕傲便是冥頑遲鈍。

鬼頭刀雄魚有個明顯若斧的額隆，相對於母魚一身優美身形，公**鬼頭刀**一般體態粗壯、眼神粗獷。

但讓人十分意外的是，這樣粗獷粗壯的**鬼頭刀**，經常雌雄成對出現，牠們並不怕船，就在船邊，公魚還時常溫柔深情貼身顧護著母魚不離，一點都不像牠們外觀給人

漁獲拉近船邊，漁人低俯身子，並伸出長搭鉤準備鉤魚

的粗魯粗獷感覺。

捕魚時我捕過最大一條公**鬼頭刀**有三十公斤，一位老船長聽了說：「不只，我抓過一隻五十公斤的。」

海水裡沒有時間刻度，形體大小似乎也沒有一定標準。

山壁上百合花開過後，日曬已毫不保留地現露暑意，這時，沿海漁船無論進行怎樣的撈捕作業，船隻出了港嘴，習慣上會拋個藏了**粗柄雙鉤腳**漁鉤的大號**滬盧仔頭**（擬餌）拖在艉後。這季節來吃餌上鉤的，經常就是**鬼頭刀**。

鬼頭刀牙齒雖然不長，但嘴頷堅硬厚實，獵物若被他咬到，恐怕不是撕裂傷而是骨裂骨折。

加上爆發力強，當牠咬住餌鉤後，立刻躍出水面翻躍不已；若不是粗柄雙鉤腳這般粗壯的漁鉤，一般小漁鉤可能經不起牠們這樣的摔身折騰。

那天和阿溪伯出海作業，天亮不久，船隻航行到七星潭灣外，船邊一道蜿蜒流界線黑白分明。這樣色澤分明的流界線，顯示**鬼頭刀**可能就在附近。

果然三分鐘不到，「食餌了！」阿溪伯高喊一聲，轉頭看著艉浪裡躍起的大汜水花。

我立即退下油門，轉頭看時，阿溪伯已彎腰俯身在船艉板邊，一把一把收拉拖釣艉繩。我站在高起的塔台上掌舵，回頭看著艉後不時躍起的青黃色魚體，知道釣獲的是一條大約十公斤重的**鬼頭刀**。

我等在塔台上沒下去幫忙，這般大小的**鬼頭刀**，憑阿溪伯老漁人功力，一個人拉魚起魚不是問題。

何況這條**鬼頭刀**上鉤，純然是**水路**插曲，可有可無，算是順帶的漁獲。這趟出航，我們的目標是鎖定更大且賣價更高的**鰆魚**。

當阿溪伯拉魚時，我心裡還暗暗催促：快點，快點，趕緊隨便拉一拉，要去找**鰆魚**了；可別因為這隻土雞，耽擱了後面那隻我們想要的野豬。

老漁人果然俐落，三兩下，這條上鉤的**鬼頭刀**已經被阿溪伯拉在船艉板下。我熟練搭配，立刻退開離合器，讓釣繩減輕拉力。阿溪伯左腕纏幾圈釣繩撐住，右手回探身後，摸著了置於艉舷邊的**長柄搭鉤**，他單手將這根**長柄搭鉤**伸進水裡，桿柄倉促一提，鉤尖刺入**鬼頭刀**體側。

阿溪伯兩手一起，將搭鉤鉤住的這條**鬼頭刀**提進甲板。

上了甲板的**鬼頭刀**騰跳甩頭，勁道十分粗野，七、八公斤以上的魚，若直接拉繩起魚，常在最後一刻被牠掙甩脫鉤；「無采咧揪到大粒汗小粒汗（白費功夫拉到一身汗水）。」這時，有經驗的漁人通常藉用**長柄搭鉤**協助起魚，比較保險能得到已經拉在船邊的漁獲。

我在塔台上隱約聽見艉甲板上的阿溪伯喊了聲：「母ㄟ（母魚）。」

我推進離合器，扳了油門一把，目標放在七星潭潭灣裡的**鰆魚**。航程繼續。

沒想到，這時蹲跪在船艉角落幫**鬼頭刀**取下漁鉤的阿溪伯提聲喊道：「回，回！」還抽空一條手臂在空中畫圈圈。我明白他的意思是要我迴轉船隻，但我完全不明白，為什麼這時刻阿溪伯要求迴轉。

我掄動舵盤，聽命迴轉船隻。明不明白為何迴轉不是重點，海上作業，不管船長命令合不合理都得遵循，這是漁船作業的基本規矩。

轉過船身，我回頭看阿溪伯下一步指示。

阿溪伯已經取下**鬼頭刀**嘴裡的漁鉤，放那尾母魚在後甲板上憤恨地四處捶打蹦跳。

「順流來！」阿溪伯喊了聲。他要我讓船隻踩著來時釣到**鬼頭刀**那條流界線航行。

「催小倖！」又是短促有力的命令，意思是要我催一下油門，來點船速。

阿溪伯就站在後甲板面對船艉海面，他腳邊那條**母鬼頭刀**咚咚不停劇烈敲打甲

將鬼頭刀鉤拉上船

吃餌了！

板，敲得混身是血。甚至還將血水濺在阿溪伯褲管上。

看他理都不理，我心裡想，為什麼不先把那條**鬼頭刀**收進漁艙，不僅解決血水到處噴濺的困擾，而且這樣蹦跳會摔壞這條魚的賣相。

我完全不明白阿溪伯在打算什麼。

才想著為什麼，「著啊！」阿溪伯又一聲高喊。

快速俯身在船艉板上拉魚，阿溪伯根本是準備好了等在那裡，等著這條他預料中的魚上鉤。

跳出水面，青黃色且帶著螢光藍點的魚體不停跳出水面，上鉤的是一條比甲板那條還在蹦跳的母魚體型粗壯點的**鬼頭刀**。

阿溪伯在艉甲板一邊拉魚，那條**母鬼頭刀**仍然在他腳邊濺著黏液、噴著血水，咚咚咚地不停敲打甲板，彷彿不甘心而硬要糾纏著阿溪伯不放。

我退下油門後，翻身跳下塔台。這次中魚，我想至少下去幫點忙，至少將那條礙事的**母鬼頭刀**收進漁艙裡。

當我終於在甲板上踩住這尾蹦跳不停的**母鬼頭刀**，並彎腰下去提住牠的尾柄，一把將牠提離甲板。

「且慢。」阿溪伯一邊拉魚，頭也不回地對我說。

我楞在後甲板上，一手提著**鬼頭刀**，一時不明白阿溪伯的意思。

我可是主動下來幫忙的喂，我完全不明白阿溪伯在想什麼。

那尾**母鬼頭刀**雖然噴了不少血但勁道仍然十足，我用力提高牠的尾柄，才勉強將牠的頭顱提離甲板。**母鬼頭刀**整個身子被我提離甲板臨空後，我整條手臂受牠掙扎而劇烈晃甩，連帶地，我的腳步也被牠晃甩得忽左忽右，踉蹌不穩。

我的掌力根本抓不住牠。

兩三下就被牠掙脫掌握，摔回甲板。

恰巧這時，第二條上鉤的**鬼頭刀**被阿溪伯提上甲板。

新來的、舊有的，新血水、舊血水，跳在一起，噴在一起，融在一起。

艉甲板上亂成一團。

早點收拾先上來的那條母魚，就不必搞得這團亂；我心底是有點埋怨。

阿溪伯蹲下去幫這條新上來的**鬼頭刀**拔除漁鉤，那條舊魚，似乎不放過機會，偎著阿溪伯腳邊蹦跳，彷彿是奮力向那條新魚跳過去。

直到拔除漁鉤，將艉繩重新放下去船艉，阿溪伯才將兩條**鬼頭刀**一起收進漁艙。

蓋下漁艙蓋那一刻，阿溪伯低聲唸了句：「這尾公乀（這條是公魚）。」

我才想到，後面上來的是一條長著高高額隆的公魚。

當我意識到後面上來的是一條**公鬼頭刀**的剎那，心頭一震，恍然醒來。

終於明白，為什麼阿溪伯要求船隻迴轉；又為什麼船隻回頭沿著來時那道流界線；也為什麼，阿溪伯那麼精準地準備好等在後甲板上。

我終於完全明白，為什麼留著那條**母鬼頭刀**在甲板上蹦跳摔打。

後來阿溪伯告訴我：「拖釣**鬼頭刀**時，若母魚先吃餌上鉤，公魚通常會陪伴到最後不會離開；若公魚先上鉤，母魚通常立刻掉頭離開。」

後來有位魚類專家告訴我：「大海裡很多種魚都有類似行為，不是因為公魚多情，而母魚薄情，大自然中母魚負責繁衍下一代，因此，當母魚落難，公魚會努力營救直到最後一刻。而公魚上鉤，母魚為了保全自己繁殖下一代的任務，通常是保護自己，立刻調頭離開。」

11

放棍

延繩釣放棍時將餌鉤一門門拋下海

討海人稱漁鉤為**釣仔**，使用漁鉤來捕魚的作業就統稱為討**釣仔海**。這種漁法原理簡單，漁鉤上掛餌，垂放水裡，引誘魚隻前來吃餌上鉤。

釣仔海比較其他漁法相對單純，大致上只分為**垂釣**、**拖釣**、**延繩釣**三類。垂釣、拖釣都算是較小規模漁撈，其中只有**延繩釣**，屬於**釣仔海**中的專業級且普遍使用的漁法。

無論沿近海或遠洋，不少漁船使用這種漁法作業。台灣遠洋漁業主力之一的**鮪釣船**，就是**鮪魚延繩釣**；屏東東港盛極一時的**黑鮪魚**，也是**延繩釣**漁獲。

漁人間問候似的話語：「最近討啥（最近抓什麼魚）？」問的其實是：「最近用哪種漁法抓什麼魚？」簡單四個字問話，要回答的還真不少。被問的漁人回答說：「**討釣仔海**，**放棍**掠**飛烏虎**（用漁鉤釣魚，放**延繩釣**抓**鬼頭刀**）。」

若追問：「啥款？」（抓得好嗎？魚價好嗎？）

「花花啊啦（零零星星），一流兩三百斤，大尾一斤百五，小尾七十。」回答比起問話雖然多了不少字句，但也是能省則省。漁人們稱的斤，其實不是市斤而是公斤，多個字他們都懶得。

延繩釣，討海人一般稱**放棍**。先簡單形容**放棍**：一道較粗的母繩上連結許多較細的子繩，子繩端繫綁漁鉤，鉤子上掛魚餌，一條線撒放在海域裡頭，等待魚隻吃餌上

延繩釣搭餌，將魚餌掛上漁鉤

延繩釣作業，餌鉤下海前做最後準備

鉤，收拉母繩就能有所漁獲的漁撈方法。

放棍作業時，母繩因垂掛重量或海流張力，往往繃緊挺直彷如硬棍，也許這原因，**延繩釣**作業，一般被漁人稱為**放棍**。

說起來簡單不到一百個字，但是請想像一下，隨便一艘沿海小漁船，**放**一條**棍**，母繩可能都有三、四公里長，漁鉤數，動不動都數百門以上。若是**遠洋鮪釣船**，通常一座**延繩釣**隨便都有四、五十公里長，上千門漁鉤。

這種漁法原理簡單，但可縮可放，延伸彈性頗大，可浮在水表使用，也可以沉放到千米深的海床抓深海魚類；可鎖定漁獲為不到巴掌大的小魚，也能設定目標為數百公斤的粗壯大魚。

釣繩可粗可細，釣具施放可深可淺，漁獲目標可大可小，無論陸棚或大洋海域，**放棍**是種全海域、全方位的漁法，也算是高效率的漁撈作業。但至少「願者上鉤」，不像漁網使用，多少帶著霸氣跟強制性。

繩子最擅長的除了可連結無盡長度，另外就是容易糾纏不清，何況**延繩釣**還帶著頻繁的子繩枝節，之中，還夾雜著數百、數千門漁鉤，而且，又是施放於流湧不息的海水裡使用。如何防止漁繩糾纏打結，大概是**放棍作業**最大的竅門。

可想而知，順序、秩序應該是基本步，依序放，頭尾收，漁鉤、子繩、母繩分別分開置放，步步都得「有序」才不至於治絲益棼。

若操作不當，原本應該是長條狀的**延繩釣**漁具，有可能就會糾纏成神仙也解不開的團狀漁具。

難怪漁人普遍認為，「話減講兩句，繩仔加揪哩三嗕（少說兩句話，漁繩可細心多拉個三嗕）。」話語能省則省，但結繩、拉繩功夫一點馬虎不得。

飛烏虎棍是**鬼頭刀**的主要漁法。這一季相當漫長，**鬼頭刀**自春末媽祖生後追逐**飛魚**進來沿海，一直到**飛魚**群已經走遠的盛夏，離岸稍遠的黑潮主流裡，還看得到**放棍抓鬼頭刀**的沿海漁船。

零時零分，新的一天才起步，阿康伯驅船離開檢查哨碼頭闃寂的燈暈，航向港嘴，航向暗幽幽大海。

有感而發吧，昏暗駕駛艙裡阿康伯忽然唸了句：「其實，可以多睡一下才出發的。」

能夠的話誰不想多睡一下，選這時段出航還真是尷尬。每日晚飯後，總得猶豫一陣子，到底是睡一下好，還是多按幾下遙控器轉來轉去看個幾輪電視乾脆不睡？屋簷下一日終了家人團聚溫暖的**黯頭仔**（指晚餐後這段時間），獨自去睡的話，對家人好像潑冷水過意不去，況且自己也捨不得；即使狠下心去睡，隔牆熱鬧，往往睡意不過才沾到邊鬧鐘就響了，唉，簡直折磨。若是不睡，睡眠不足常常頭重腳輕，特別是在黑暗海上在搖晃甲板上工作，不僅折磨還有安全顧慮。

午夜時段出航，夜晚當中對切，不上不下，還真尷尬。

阿康伯後來自我解釋說：「早點出門，為的是占個好位置**放棍**。」

「海上闊遡遡，驚（怕）無位好放（沒位置放餌鉤）？」連打了幾個哈欠，愛睏情況下難免細細聲嘀咕了兩句。

阿康伯老莫老沒想到耳孔尖，竟然給聽見了，他沉著喉嚨說：「又不是隨便放、清彩落（隨便下鉤）就有魚。」語氣顯得愛理不理。

他並不需要解釋，只是隨口唸唸。

停了一下，他又補了一句：「愛睏去睏，嫑吵。」

「**放飛烏虎棍**（**鬼頭刀延繩釣**），啊，真正硬道（辛苦吃力）。」若問起沿海漁人有關放**延繩釣抓鬼頭刀**，聽見的回應大概會是這一句。

放飛烏虎棍，作業海域寬廣，作業時間漫長，這時節的日頭，又一天天炎焰，陽光焚燒過的炭跡將一點也不客氣地層層抹在漁人汗水油漬的臉龐上。

延繩釣作業船

迎著晨曦出航

這時節的漁人，每個都過勞憔悴，每個都曬得黝黝亮亮。

想想，每日午夜出門，黃昏回來，船隻海上經歷半個黑夜，看每一天日出，又曝曬於一日中全數的白晝；返港只為了卸魚、賣魚、補餌、加油、打水、打冰……上岸不過沾個醬油天就暗了。

忙過碼頭工作，回家去吃個晚飯，順便看看某仔（妻子兒女），電視嘈嘈聲中打個盹聽沒兩句講沒兩句。一下子而已，陸地上的一切就要睡去，漁人悄悄起身，輕手輕腳穿上工作服，帶上門鎖前再看一眼熄了燈已經沉睡的家。

毅然轉身，啊，又要離岸。

飛烏虎漁季，他們是海的丈夫、海的兒子。

這個漁季，漁船不認得碼頭，漁人疏離了家人。

這時節，天候穩定，海面幾乎沒有脾氣，恐怕只能等南邊醞釀的熱帶性低氣壓偶爾飄上來一些些，漁人才有藉口不出海得兩天空檔。掠**飛烏虎**日月操勞累積，所有這段時間做不到的都用這兩天來彌補。

人有人的需求，船有船的；這兩天船隻照樣得顧，還有，陪伴兒女，疼惜某仔。

漁人其實一刻也閒不下來。

海上有海上的操勞，上岸休息也有岸上的負擔和煩惱。

海況不好不能出海的日子，漁人還是天天習慣性地來到港邊，甲板上看頭看尾理東理西，就像一個家總有理不完的瑣碎家務。之後，也許港邊和其他漁人講講**魚仔話**（漁人間的話），流通一下漁撈、魚價資訊，不然，話話漁家閒事畫畫海上見聞。

年久月深，漁人漸漸適應了海上生活，睡眠不足或操勞過度都不是問題，漁人更在意的是，不出海的話就得面對沒收穫沒收入沒自由的現實。

岸上有個家，浮在海面這艘也是個家。

海上這個家，讓漁人有個需要他獨力照顧並且能夠獨處的空間；這個家，讓男人有地方逃有地方躲；這個家能夠載著她的男人一起來到如此遼闊、深邃、黑暗、神祕、溫柔的一大片領域裡，讓她的男人在這裡恣意放縱他的暴力、血腥、陽剛、狂野和孤獨；這個家，讓男人有地方流浪和漂泊，讓男人挺直腰桿承風受浪，讓男人經由拔魚搏魚找回粗獷的原始野性。

漁人自己也明白，陸地上再也沒有任何空間、任何人事物，比得上這艘船這個家那樣滿足男人深沉的需求。

出了港嘴，南南東航向船隻挺挺邁浪前行；航行到漁場還有一段漫長水路。

鬼頭刀延繩釣屬於**浮棍**。作業時，整座延繩釣施放於水表海域，漁具隨海流漂蕩，捕抓**浮游魚類**。相對於若是以延繩釣捕抓**底棲魚類**，稱為**埋棍**，作業時通常是下錨將整座釣具固著於海床。

其實，放**飛烏虎棍**並沒有特定漁場。漁人一早（還真是一天中的最早），驅船朝向作業點邁浪前進。海上這個作業點的選擇，考量的並不是**鬼頭刀**是否在此密聚，漁人考量的倒是這趟作業時間、空間的最佳配置。

黑潮是北半球流速最快的海流，**飛烏虎棍**就是將一整座長條狀延繩釣漁具置放於黑潮裡隨海流漂晃掃過大片沿海海域。若將**放棍點**稱為起點，將整座漁具全數收回甲板稱為**拔棍終點**，起點和終點間往往相距四、五十浬，換個角度說，也就是這趟作業期間，整座延繩釣漁具是順著黑潮往北漂了將近百公里遠。沿海漁船航速約六節（六浬／小時），作業航程規劃是以船隻的母港為中心點，出航時往南航行四小時約二十五浬，放下餌鉤後，作業期間將往北漂五十浬，最後**拔棍終點**船隻位置應該在母港北方二十五浬處。收完漁獲，船隻往南走四小時水路返抵母港。

這樣的航程規劃，午夜出航，黃昏返航，最合理的時間空間規劃。

破曉前後，通常是魚隻頻繁活動密集索餌的最佳漁撈時段，所以，無論幾點鐘出航，飛烏虎棍所有餌鉤必要在天亮前下水。當然也可以多睡一點，譬如趕天亮前在清晨四點出航，所以，出了港嘴就要落棍，整個作業結束時，船隻應該在母港北方約五十浬處，返航得將近八個小時水路，進港時間可能已經是夜裡八、九點。

最簡單的說法，早點出門，早點返回。

沿海海流一般外強裡溫，緣岸緩、離岸急，**飛烏虎棍**通常東南向一條線撒下，作業時讓整條棍索像一把沒有固定基點的流動雨刷，以一片大扇形掃過沿海。

問題是這扇型軸至少長三、四公里，甚至七、八公里長，作業鄰船非得隔開安全距離不可。若靠得太緊，不小心讓相鄰兩座延繩釣**相犯**（互相侵犯糾纏），可能失去漁獲白忙一場不講，恐怕漁具也將**酥料**（漁繩糾纏在一起無法使用），造成損失。如出航時阿康伯說的：其實可以多睡一點，但早點出門為的是占個以母港為中心點的好位置放棍。

三點四十，阿康伯拉下油門，退開離合器，船身一震，引擎聲從緊繃狀態忽然鬆弛下來。

阿康伯適時用力地咳了兩聲。如果這時睡在雜物艙裡的我還不懂得立刻醒來立即爬出來，下次出航、返航時，阿康伯就會和藹可親地對我說：「來，你來扞舵仔（掌舵）。」然後將舵柄交代給我。雖然走水路一般由船長掌舵，但除非不想坐這艘船，不然船長命令誰敢不從。

這時節，海島天候走得比節氣快，才臨近端午，但實際氣溫已經是標準的暑夏，儘管如此，但是才從溫暖的雜物艙裡爬出來面對清冷黑暗的大海，還是讓我禁不住打了幾個哆嗦。

阿康伯起身穿上連身雨衣，轉頭瞪了我一眼。曙光已經在不遠處準備吹響號角，我得加快動作。兩三下將雨衣肩帶繫緊，兩三步跳到後甲板，先將提桶拋出舷外撈個數桶海水沖一下甲板上差不多已經退冰的兩箱魷魚餌料。艉甲板上並肩擺著四只約兩尺半直徑圓口、三尺深的橘色塑膠圓桶，這桶子漁人稱**棍簍仔**；桶內盤著頎長的**棍母**（延繩釣母繩），**絲腳**（延繩釣子繩）則連著漁鉤扣掛在桶緣一圈切刻許多溝縫的黑色橡皮帶上。

四只**棍簍仔**擁擠在艉甲板上，阿康伯和我這時擠在桶子間，我們得用最快速度將露在桶邊的**粗柄內彎漁鉤**一一掛上魷魚餌料。**鬼頭刀**粗壯有力，所以鉤柄要粗避免折斷，鉤尖內彎，防止牠奮力騰甩時脫鉤。

艉燈昏黃不明，甲板搖晃，解凍後的魷魚十分腥臊，擠擠碰碰下，難免沾染一身腥黏。這一刻，只管快手快腳掛餌，不准埋怨，甚至任何一句話都不要講。多年來和老漁人同艘船工作，不好的經驗讓人深刻明白，下鉤或下網前開口講些沒必要的話往往是自討沒趣。

這時的甲板形同戰場，攻擊發起前，就咬緊牙根吧，口才再怎麼好這關鍵時刻講出口的都不大會是得體的話。

阿康伯回駕駛座，熄了後甲板燈，先是伸頭晃腦地往岸緣方向尋找座標點，再次確認自己位置；隨後打開甩燈，用光束甩了甩舷邊水色，再次確定是**鬼頭刀**喜歡的透明深沉水色（**飛魚**和**鬼頭刀**幾乎不曾在懸浮物多水色較為混濁的沿岸流水域活動）。

節奏忽然加溫飛快，「來！」阿康伯倉促開了後甲板燈，把舵交給我，比了個方位手勢，跳到艉甲板邊，舉起一旁閃著紅燈（漁具內端紅燈，外端綠燈）的**照旗**（漁具頭尾作為海面標示繫著燈號的旗桿），奮力一拋丟下船艉，旋即又喊了一聲：「來！」

我聽命催促油門，如他指示東南航向把舵，船隻噴煙衝出，阿康伯將第一桶**棍簍仔**桶緣上的餌鉤一門門順序拋落船艉黑暗裡。

飛烏虎棍除了兩端各有一顆大浮球懸住整座漁具外，之間，大約每隔十門漁鉤，也夾置一顆小浮球。船速飛快，真像彈鋼琴，十根指頭叮叮咚咚敲出音階，然後一顆白色小浮球自阿康伯手上甩出，重新再來十根指頭，再來一段叮叮咚咚。

這就是**放棍**了，也稱**落棍**，餌帶著鉤，鉤帶著**絲腳**，**絲腳**帶住**棍母**，**棍母**連著**浮筒**（浮球），一門一段，一條線飛快撒進水裡。

放棍若是順利，船航節奏分明，船隻將離岸漸遠。

我站著掌舵把持航向，這是準備好隨時處理突發狀況的姿勢，一邊我得時時回頭盯著阿康伯落棍。近千門漁鉤、數百顆浮球都得一一經過他的手才能落水，總是鉤子和繩子，難免鉤鉤纏纏。

這麼長一段釣具，每趟都會有些狀況，不可能一路順暢到底。母繩、子繩纏繞在一起是基本狀況，漁鉤落水前鉤住不應該鉤的地方也是常有的意外。船速飛快，當狀況發生時，我必要十萬火急剎那間卸油門、退空檔，甚至倒俥。

幾分像是現代政治圈常講的「危機處理」，若處理得慢，狀況惡化的程度將如等比級數一路深陷。

倘若一時失神、分神，失去注意，狀況發生時，若被動等到阿康伯發聲制止才要處理，恐怕都已經慢了半拍，甚至得付出慘痛代價。

12

起棍

右前舷為水仙門，大小漁獲都從這裡上船

放棍最後，抛下綠燈**照旗**，四簍棍落透（全數放完），船隻離岸已十數浬外，大約位置在領海交界。一般沿海漁撈大約在五、六浬內，**飛烏虎棍**作業離岸挺遠，船隻像根梭子，帶著**棍索**（頎長母繩），貫穿二**層流**（黑潮支流），直探黑潮主流。

這時，船尖指著的黑色天際恰好翻出一抹暗灰，老漁人果然老到，精準掌握了流動交錯的時間和空間，將那麼長一串藏著漁鉤的早餐，於天亮前及時置入大海，擺置在**鬼頭刀**們的餐桌上。

鬆一口氣，沒想到阿康伯立刻接過舵柄，立即迴轉船隻，讓船隻跟住繩具外端閃著綠燈的**照旗**。我曉得，該輪到我上場了，天亮前我得刷洗艉甲板上魚餌殘留的腥黏，將放空的**棍簍仔**堆疊整齊挪到前甲板，將長柄搭鉤、砍刀、短棍棒槌這些起棍、起魚的傢俬準備在前甲板右舷，最後，鑽下去冰艙掘幾桶碎冰提到前甲板的漁櫃子裡……

耐心等了一夜，天色急著翻轉。天亮前，我得快動作清理艉甲板並布置前甲板，如同黑夜將要交給白晝，船隻的舞台由**放棍**的後甲板將挪到**起棍**的前甲板。

曙光輻射的千百根指頭接續伸出海面，天方破曉，帶著朝氣的光束一根根穿刺夜幕，又結合著不可違逆的氣勢一片片奪取黑暗，曦暉無聲喧嘩，夥伴成群衝高半天。光束光群似乎又在半空打了個折、轉了個彎，匆匆略過高掛天際鑲在黝藍布幕上仍眨燦的星點，直接讓隱約浮起西天的山嶺一一淋上暗紫霞光。

大海及天地有了光的連接，原來的黑色畫布上於是輕描了素淡的輪廓，並敷鋪了些紫紅顏料。

天色翻飛，天地大海最美的這一刻，我還在甲板前後奔走忙得團團轉。

也何其幸運，四方八位的動態光影變化，都讓不停轉動中的我，從山巔到海角，每個視野一一都看見了。差別只是沒間隙讓我停下工作做個深呼吸，停下來靜靜地領受並深吸一口氣然後湧出我的讚嘆。

後來每年新年元旦，媒體時常炒作新年第一道曙光的落點，我心裡常想，有什麼好說的，第一道曙光不都是落在阿康伯的船舷上嗎？

每一吋甲板都是領土的延伸，如同一吋吋漁繩連結出去的延繩釣漁業。

收拾好、布置好，船隻在破曉黎明的大洋上已經準備妥當，這時海天開了門，船隻開了眼，像是為了禮讚這一刻的天地大海，船隻靜泊海面但船邊不停地掀開來一道又一道全新的繽紛全新的光采。

根本來不及鬆口氣、喘口氣。

「來！」阿康伯又將舵柄交還給我，他戴上棉紗手套，從容自信的步伐，一步步走到前甲板右舷，頭也不轉，如登場就位的指揮官，手勢往前一劈，揮向船隻右前側漂搖在晨曦波光裡的**照旗**。

這時，曦暉也恰好斜照在阿康伯皺紋深刻的臉頰，劈出手勢後，他嘴裡短促而堅定地喊了一聲：「收！」那模樣真像是列車啟動前，月台上穿制服的車長，神情專注地從兩眼中央揮出權威又專業的手勢。

拔起**照旗**，收拉母繩，開始收魚，這動作稱為**起棍**，也叫**拔棍**。

這時，聚光燈從艉甲板已經挪轉到前甲板阿康伯站立的這段右前舷。這段船舷，討海人稱**水仙門**，**延繩釣**漁獲，大大小小每一條魚，都將從這段船舷進來甲板。

每回節慶祭拜，面對船艏拜過船神，不能少的儀式，阿康伯轉過身，手上擎著香對著水仙門唸唸有詞。一時聽不見聽不懂阿康伯唸些什麼沒關係，大意不難猜到——「保庇從這裡拔進來多一點……再多一點……更多一點。」

我精準操舵，讓船尖碰一下照旗，並讓旗桿擦著右舷，一直滑到阿康伯等在舷邊的手裡。剛下海捕魚不久，操舵經驗不足，老是怕船隻撞上照旗，怕旗桿被輾在船下，怕船槳攪到**照旗**下的**引繩**，那時，我通常選擇讓照旗稍稍離開船邊一小段，旁過右舷。只是，這樣的角度，當旗桿晃到阿康伯身邊時，通常是他往外伸了最長的手臂也恰恰好錯過一把抓住旗桿的寬度。

拋下照旗

照旗漂離船尾

漏失的**照旗**輕佻漂搖似在訕笑，很快就漂到了船艉。

只好，把滿舵，大弧迴轉船身，重新再來一遍。

幾遍過後，阿康伯仍然一次次快跌下海裡的姿勢伸了最長的手臂，仍然抓不到旗桿。這時，他會裝作很有耐性的口吻轉過頭認真地對我一個字一個字慢慢說：「啊無，籦旋嘎倘時（繼續這樣繞，到底要繞到什麼時候）？」

後來才學會，就讓船尖直接觸及旗桿，驚東驚西（多所顧慮），自己心裡都偏了，怎麼可能準確。

照旗上來，**大浮筒**上來，阿康伯取下之間連結的**夾仔**（快速接環）；棍母被拉上來，**絲腳**拉上來，掛在漁鉤上一大串的魚已經準備好隨時要跟著上來。

浮棍懸在水表使用，比較不像**埋棍**讓**拔棍者**有沉重的水壓負擔，儘管如此，近千門漁鉤中，只要其中十分之一的漁鉤掛著漁獲，不談魚隻掙扎或水阻拉扯，單單魚隻重量都會讓**拔棍**的手臂難以承受。

幸好海水浮力不小，加上船隻俐落能主動趨前跟後，才有可能以兩條手臂就要來收拉上頭可能掛著數百公斤漁獲且長達數公里的**飛烏虎棍**。

我一定得謹慎操船，這時右船舷與棍母的夾角，最好維持約十度銳角，而且，船速必要走走停停，隨時跟隨阿康伯的**拔棍速度**。簡單說，就是讓船隻動力**驅近棍索**而不是讓阿康伯將沉重的**棍**給拉過來。

船隻若操作得當，**棍索**不會繃得死緊，這情況下的**拔棍**阿康伯最為省力。

原理不難，理論上這操作也不是什麼高明技術，複雜的是這畢竟不是圖上算式，不是在靜態環境下的駕駛，海上多變化，單單風流、海流的複合影響，都會讓馬力數不大的小漁船在航線、航角的拿捏上不易精準。

而且，這些外在因素時時刻刻不停地一直都在變化。前一刻適用的操作模式，下一刻不一定管用。加上**拔棍**過程冗長，順利的話往往從破曉時分一直拔到午後才能收完海上所有的繩鉤，之間的每一片刻，都得**留意棍母與船舷夾角**，都得注意船速**隨時搭配阿康伯的拔棍節奏**。

駕駛艙裡叩叩喀喀時時響著上檔聲、退檔聲、上油門、退油門，舵柄時而右晃時而左擺，咿咿歪歪哼吟不停，船隻被我操弄得忽左忽右，時走時停，像小孩在玩大車，駕駛艙裡的我實在是忙得不得了。

一般人不可能持續專注一樣事務那麼長的時間，當阿康伯痠疼的臂膀因為我的不當操作而承受不合理的拉力時，我完全能夠理解，為了喚回我飄在空中或融在水裡的心神，他氣喘吁吁不耐煩轉過頭來罵人的必要。

阿康伯右膝頂著舷板，口裡韻律喘氣，一手臂、一手臂晃著肩膀拔棍。若**棍索**一下子綳得太緊，他會分別纏了兩把母繩握在掌上，垂下手臂，兩個拳頭前後交疊扣緊沾了水滑溜溜的**棍索**按在他的下腹。

接著，他會「嗚喂——」相當不耐煩的一聲長吁喚醒我，船隻該趨前靠近點了吧。有時忽然被叫醒，一時回不過神來，知道自己不對，趕緊匆匆躁躁擺舵拉油門一陣手忙腳亂胡亂操作，若棍索緊張狀態未能及時改善，這時，若阿康伯還保持那撐住棍繩的姿勢不放。

「糟糕……」我心裡喊了句，話頭還卡在嘴邊；阿康伯已經緩緩轉過頭來，眼裡燃著熊熊火光，臉色自然不會太好看。

受阿康伯這一瞪，一時緊張，慌忙中如果又來一陣於事無補的操作，那就得準備好，讓自己薄薄的耳膜承受如雷貫耳的一串叱罵。

可能真的是困乏了，也有可能是為了讓我嘗嘗不當操船造成**拔棍者**所承受的不合理壓力，有時，阿康伯會跟我換手。

最好了，我心裡想，角色互換，他也才能了解長時間當副手且時時挨罵還得隨時保持專注是多麼不容易的事。

有模有樣套上棉紗手套，從容登上舞台，有樣學樣權威手勢往前一揮，嘿嘿，船

放棍後，清洗艉甲板

隻聽命上檔趨前。

啊，指揮者與聽命者究竟不同，豔麗的陽光直接照在我的臉上，興沖沖且瀟灑地晃著肩一把一把拔棍，感覺數百條魚都拉在我的手上都受我掌握，也感覺到阿康伯滿臉微笑直看著我的背。

那不是重量，儘管另一端數百公斤漁獲攀著，透過**棍索**，拉在我手上的力量感十分柔韌。並不決斷、絕對，並不粗暴、粗魯，那是ＱＱ帶著彈性的手感，著力點似遠似近難以掌握，並不難拉一把**棍索**靠近，但也並不輕鬆隨便一把就能將**棍索**拉進船舷。

那是遠方深邃的訊息，**棍索**上隱約傳來陣陣脈搏，我曉得有些是水流脈喘，有些是上鉤魚隻的掙動，有些是海神的心跳。

我手上拉拔的彷彿是直探地心的一口深井。

因為對手是水因而柔柔漾漾，又因為莫測高深所以深軟而堅韌，有時還覺得大海透過我手上拉住的棍索拉著這艘船走。

首先是十根指頭有了負擔，**棍索**是**玻璃絲**（透明漁繩）材質，抹了油似的滑不溜丟，滴著水的棉紗手套止滑效果有限，一把拉過來得先用力握住並且還得指頭接著使勁緊緊扣住，一把一把，不過才收拉數十噚，手上不常使這種氣力的每根指頭就已輕輕顫抖想要抽筋。

再來牽連到的是手臂痠疼，而後肩膀僵硬。那一頭的力量仍然優柔沉著堅實柔韌，不挺重，但無一刻鬆懈，無一刻不在折騰我的筋骨肌肉。

母繩那端繫著的簡直就是浩瀚的浪流，根本就是大海不停湧動的鼻息，根本就是大海深邃的神祕，啊，人是自不量力來跟大海拔河。

漁撈過程往往要耗、要磨，考驗人的耐力多過氣力，**拔棍**也是。

阿康伯確實挺有耐性，這一刻的他好像迷上了開船掌舵，他慢慢驅船跟上，角度和速度始終恰當，讓我發不了脾氣，也找不到任何理由提出換手的要求。

心裡曉得不妙，身體所能承受的自己最了解，這情況頂多再拉個十來噚，我的手臂和指掌可能就要癱瘓罷工。

只好，轉過頭，以微笑稱許阿康伯細膩的操船配合，並以些許無奈的眼神提醒他換手的時刻應該到了。

駕駛艙裡掌舵的阿康伯，回應一臉憨笑，似乎只了解一半。無從知道他是否裝傻，但從他悠閒的表情看來，用眼神要讓他明白我已經撐不下去了的事實恐怕十分渺茫。

男人加上討海人的尊嚴，又不好開口求饒。

只好，我將**拔棍速度**放到最慢，深重地吐兩口氣，才拉拔一把；事實上也快不起來了。

我至少三次回首，三顧駕駛艙，心裡想，人家三顧茅廬都能回轉孔明的心，但我們的阿康伯再多次恐怕都一樣，每一次，他仍然都以溫和憨直的表情對著我笑。

我確實很想知道，當我求援失效失望地回過頭面對大海，這時，駕駛艙裡的阿康伯會是怎樣的表情。

就這樣，慢慢地慢慢地，竟然又撐過一百多噚。

除了驚訝人的潛能，我也曉得，接著好幾天，我將無法握拳也無法抬起手臂更無法對人微笑。

13

鉤子上的魚

拉拔是漁人基本功

漁獲自然是最大的報償，午夜出航迄今，所有的辛苦都等著上鉤的魚兒浮上來安慰。

漁獵儘管同宗同質，但陸地獵人和海上漁人，漁獵過程中感受到的應該完全不同。陸地上，獵人通常眼睜睜明明白白看著獵物被收拾、被殺戮、被征服，而海上拉拔，不到最後一刻，往往無法看見獵物容貌、無法辨識獵物種類、無法確保得或失。魚和漁人間的拉拔，一道**棍索**連通所有訊息，一方扯一方拔，一方必要掙扎一方必要沉著，一方隱在水世界裡撐持，一方露在空氣裡收放。

「有了。」阿康伯突然沉沉喊了一聲，音量恰當似乎只為了勉勵自己。

儘管船邊還未看見任何魚影，但數十公尺外，經由一線相牽，阿康伯已經清楚感受到獵物以掙扎自遠方傳遞在他手上的訊息。

漁繩上間續傳來類似脈搏、類似悠遠的敲門聲，那是隱約但鏗鏘的一陣陣抖顫。一把把拔近的**棍索**上確定掛著魚，只是無法辨識那敲著門的是些什麼魚。

海面下魚隻千千百百種，**飛烏虎棍**主要目標是抓**鬼頭刀**，但沒有人規定也沒有人能夠阻止其他魚過來就餌上鉤。

無論大小無論什麼魚都好，漁人普遍認為，漁具上只要掛著魚、纏著魚，不要落空就是好事。漁具、漁船都一樣，最忌腥臊不沾，漁獲腥羶才能呼朋引伴，小的呼引大的，價值低的招引價值高的。

更重要的是能夠將漁具上的魚順利拉近船舷、拔進甲板，才算篤定踏實地得到漁獲，才可能滿足漁人隨著拉拔對這條魚不斷延伸的好奇，也才能開始累積，讓接著來的一條條漁獲相互招引來填充船上空曠的漁艙。

阿康伯拔棍時原本挺直的腰桿，這時已明顯斜向舷外，這趟作業的第一條魚，已經接近船腹。

我擺舵的駕駛艙離開右前舷**水仙門**有段距離，舷下水面有個角度我完全無法看見。

看不清楚所以神祕，看不見所以特別期待。好幾次，右舷邊盪出一沱水花，我以為是鉤子上的魚已經放棄掙扎浮出海面；立即放掉舵柄，斜身探出舷外；只看見阿康伯傾著身謹慎拔繩，只有海風空盪盪吹過船舷，一把把被拔出海面的棍索攪動船邊圈圈漣漪，沿著**棍索**不斷滴落的水滴，又在數個大圈圈漣漪裡擾出無數個小漣漪，船邊波痕交織熱鬧，幾分像是主角登台前的鬧場，只是，魚影仍未現身。

感覺好像什麼好事將要發生，嗅得到但碰不著也沒把握，神祕而低調的氛圍，揉合成一股想要興奮跳躍飛揚，但又張不開翅膀的情緒，是一首悶在火山口的序曲，就要噴發，只是不曉得也沒把握什麼時候將要發生。

越靠近，越漫長，期待愈高，愈是容易讓人感到空虛。

我發現，阿康伯的拔棍姿態其實是個指標，不難從他的行為讀出鉤子上這條魚的動向和距離。

他原本挺著腰一把一把粗獷地拔；「有了」以後，他傾身向外謹慎地拉；魚隻接近的此時，他幾乎是俯在舷板上斯文細秀地收拉。

這回真的是來了，我探身舷外，果然看見牠深遠埋在水裡的身影。

黑潮水質清澈，深深遠遠的，牠從巨大幽深的藍色囊袋裡顯影。

這時還有點深度，海水仍緊密護著牠的身、融著牠的形。牠的現身，還只是一絲閃爍在黝藍布幕裡的皙白影子。

不歇漂晃的海波，一再逗弄牠如幻的身影。

這深度，這距離，牠應該也看見我們了吧。我想，船腹輪廓會是牠天空裡一片漂蕩的烏雲。

確定是最後一段了，我兩步從駕駛艙跳到右舷邊，伸長左腳往後懸空勾住舵柄，油線拉出駕駛艙外，左臂平舉左掌牽住，右腳單立靠在船邊，上半身探出舷外，這時我的動作應該像個俯著身的金雞獨立吧，或者，也可能像是技拙的花式滑冰選手向後舉腿。這一連串怪異動作，為的就是不想錯過牠浮出過程中每一瞬間的變化。

直到魚隻拔出水面前，我還得負責船隻操作。即使魚隻浮出水面，也還有下個工作等著我。除了出、返航船隻走水路時，還有機會當個悠閒的觀眾，漁撈作業時，漁船甲板就是漁人的工作舞台。不可能一邊是演員，同時又是觀眾。

這是我在漁撈工作時最大的矛盾，我明白，因為是漁人身分才有機會見識這些漁撈風景，但又很想當個旁觀者盡情盡興地觀察與感受這些。只好為難手腳，擺出這樣奇怪的動作，一方面當漁人一方面偷偷當個觀眾。

其實，只須再等一下，等待鉤子上的漁獲被阿康伯拉上船舷，一切好奇不就裸露坦白在甲板上了嗎？並且，還能細細撫摸牠的體膚慢慢欣賞牠的體色及體態。那時，確定已經擁有，愛怎樣就怎樣。

我到底在猴急什麼？

好奇不容易理解，所以也不容易得到滿足。

自己其實也不確定，這麼急著攀在船邊單純只是為了仔細觀察這條魚由深而淺的過程嗎？

或者，某些成分我在享受牠水世界裡的最後一段掙扎。

我發現，好奇是個旁觀者往往置身事外，還時時悄悄期盼著腥羶殘酷的過程。

也許，我只是比較喜歡看見牠在海水裡仍然活生生，並且一身俐落乾淨的模樣。

我只是想，還浸在牠的世界裡的時候看見牠，而不是上了甲板被拉進空氣世界後，裹一身自己的血，劇烈而狼狽地蹦跳，完全裸露生命的不堪，掙扎著死去。

這鉤子上的第一條魚仍不斷閃爍身影，盡力藏匿在波光搖擺的水面底下。我的好奇和慾望，也不斷在我心底的各種波光下變形。

相對於水面現實，相對於漁船甲板的現實，水底下的這一切都仿如幻影，都還是未定數。這一刻，我已經完全混淆，到底怎樣的結局才願意滿足自己。

意料中的，或，意料以外。

透過波光和深度，大海輕易就能遮蔽現實、模糊具體，或放大縮小，軟不軟或硬不硬，鮮豔或樸素，多美或多醜……最後這一段水裡，一直都在變化，一直都在跨越，沒有一刻停得住、留得住。

確定是最後一段了，鉤子上這條魚從深深的絲閃狀，浮出到片閃狀，從白皙身影浮轉為斑塊狀的青藍色螢光。當一條魚失去了深度失去了海水，抽象的形影漸漸披上一件具象大衣，終要消失在水裡，終要在空氣裡顯影。

從受餌誘惑到咬住鉤子那一刻起，儘管掙扎，但就像一顆氣泡終要浮出水面，這條魚因為**棍索**連接，已經走上可能失去海水庇護失去了隱匿能力失去自由自在的一條岔路。

所有的辛苦都為了這一刻

當魚隻一旦被拉出水面，不得不完全赤裸，過去那遮著水掩著距離的日子已經不再，確定了身分，決定了身形，明白了大小。接著，就要融入無可逆轉的褪色、燃燒、化成灰燼，這空氣世界的消化規則。

應該是不願意被定形，不願意被決定，所以一路拚命掙扎。

看著魚隻被拔取的過程，我常看見自己的羞赧。

「嗚喂——」

關鍵時刻，阿康伯抽空一隻手快速比了個方向並昂揚喊了一聲。

貪看鉤子上這條魚而單手單腳操作船隻，儘管相當謹慎地在漁人和旁觀者之間游移，終究還是閃了心思怠慢了漁人職責使操作慢了半拍。阿康伯手上掌握一切訊息的**棍索**相當敏感，讓他背後像是長了眼睛，明白這一刻喜歡看魚的我一定心有旁騖。十分確定，這一聲不是魚隻將要浮出水面的歡吟，這是阿康伯再次警告我，立即擺舵操船，收回融在水裡的心神。

當魚隻浮出水面剎那，海水攤開她的手掌不再為這條魚撐持不再為這條魚做任何努力。關鍵被打破了，這條魚已經被大海放棄。阿康伯手勢一鬆，棍索不再因掙扎而緊繃，這條魚張著口匆匆嚥下幾口空氣，顯然已經失去最後機會。

拉出水面的這條魚，已經不是之前漂在水中的魚影；拔上船舷的魚，也已經不是原本水裡那條魚。

所以印在魚類圖鑑上，或躺在漁市、漁攤子上的魚，都已經不是牠們原來的面貌。

何況是處理、料理過的。

知道我曾經討海，聚餐時，常被問到盤子裡這尾什麼魚。大多數我會搖搖頭聳一下肩，除非轉也轉不開，對方堅持這問題不放，只好幾分猜測答了個大概。不是不懂，而是一直無法將海上拉拔過的這些魚，比對已經躺在餐桌上的魚。

不僅是生熟、顏彩、動靜、鮮度、場所差異懸殊的問題，而是海上每一條魚都有漁撈過程，特別是沿海傳統漁撈，人與魚的拉拔往往讓漁人生命與魚之間有了一場場不僅是食物面的深刻交集。

海水裡自由自在的魚，被漁具攔截到的魚，拉拔中掙扎的魚，甲板上蹦跳的魚，漁市場等候拍賣的魚，躺在餐盤子裡的魚，同一條魚在每個階段都有不同面貌。海鮮吃食是整個過程的末梢，因為漁撈經驗，我心中的魚不只一幅容貌，也不單單只跟我的腸胃交集而已。

凶悍的，會傷人的，高貴的，
敲頭、敲頭、敲頭。
小條的、粗俗的（量多且賤價的）、
不具威脅的，自己在甲板上摔打自己掙扎到死。
也有些魚，在水裡就自我了結，
彷彿願意犧牲身體但堅持讓生命留在水裡。

14

敲頭

延繩釣釣獲一條黃鰭鮪

拉到船邊的若是尋常小魚，阿康伯自己就能處理；若是威猛大魚，或經濟價值較高的魚，我會抽開油門退了檔，趕緊過去幫忙。

這是一條約一米出頭的**青鯊**，當阿康伯將牠拉近船邊，我退了檔趕到前舷，很快地以**長桿搭鉤**鉤住這條鯊魚胸口，並一口氣使勁抽提長桿，將牠頭胸部提離水面。阿康伯放掉**棍索**很快低俯身子趴下舷側，用**大截**（帶纜索的長柄大鉤）鉤住鯊魚魚鰓。我放掉**搭鉤**與阿康伯一起拉拔大截纜索，嘔嘿、嘔嘿，拔河般，我們一起將這條青鯊拉靠在舷側。

「挽住！」阿康伯喊了聲。

我將纜索正圈、反圈套在舷柱上，阿康伯隨手取了舷邊那根短棍棒槌，毫不猶豫，破破破地，一下一下用力敲打鯊魚頭。

因為鯊魚嘴裡好幾排利牙，又擅長於臨死前張口亂咬亂甩，稍有體長的鯊魚，一般漁船都會在舷邊敲死了才拉上甲板。

小隻的敲一下，大隻的得敲好幾下。

接著，拉近船邊的，嚇一跳，竟然是一條**黃旗串**（**黃鰭鮪**），喜出望外，阿康伯興奮喊了聲：「啊，一粒**串仔**。」**鮪魚**體態精壯結實，像一輛坦克、一粒砲彈，漁人因而以**粒**為計量單位，表達這魚特別，不是一般的**條**或**尾**。

怕牠跳壞身價，所以敲頭

怕牠嘴劍傷人，上甲板前要敲頭

鮪魚體型壯碩，賣價又數倍於**鬼頭刀**，真是釣到了一**粒**意外橫財。

果然是水世界中武士級的魚類，這粒**黃旗串**幾次好不容易拔近船邊，牠水面不過翻個水花，一下又被牠扯出老遠。沒關係，這種魚值得耐心對待。有次拉靠近了，看牠慵慵懶地張著嘴以為乏力了，以為就要浮出水面乖乖嚥下一口空氣，大概是不喜歡漁船吧，來到舷牆邊，牠忽然側身在船邊抽了一下尾鰭，這一下，像是砲彈撞開了引信，牠發射衝出，棍索根本無法掌握，只好任由牠再次鑽下深深水裡。白忙一場。

還好**棍索**長，彈性十足，還不至於被這粒武士的猛衝爆衝給扯斷；只是重新來過；阿康伯再次握緊**棍索**，俯低身子，一把把重新再來一遍收拉。畢竟是深咬著鉤子的魚，拉扯幾次後，終於再次將牠拉近船邊。

阿康伯這次特別謹慎，彎下腰俯在舷邊，一把奪去我手上**長桿搭鉤**，這一條**黃旗串**他要親手處理。

不像其牠魚種，搭鉤都以快速鉤取為目的，通常隨意搭、任意鉤。但這條價值不菲的**黃旗串**，得慎選在鰓蓋下方的下巴位置處落鉤，避免鉤壞了牠貴重的生魚片肉身。

也因為貴重，費了一番功夫好不容易將牠請進船舷，阿康伯立刻就跪在甲板上，兩膝兩手合力，將這粒**黃旗串**頂住按住在甲板角落，不讓牠有機會翻跳，並剎那間舉起棒槌，噗噗噗噗，一下下使勁敲在牠的頭上。

這次敲頭為的是不讓這粒**黃旗串**有機會跳壞了身價。

這趟放棍的目標魚**鬼頭刀**，處理過程最快，拉靠近，搭鉤隨便一搭、一扯，不管鉤到牠哪個部位，手一抽迅速給提上甲板。大大小小**鬼頭刀**們，不必敲頭，先放著牠們在甲板上翻跳，摔累了後再幾條一起收進漁艙。

鬼頭刀漁期長，漁獲量大，賣價普通，運動型肉質，既綿密堅實，漁人比較不在意牠摔壞自己的價值。

近十年來漁源枯竭，魚價攀升，市場也越來越講究賣相；後來，上甲板的**鬼頭刀**也不再讓牠們自由亂跳，也不再讓牠們活著上甲板。船上器械一直在進步，後來已經不是敲頭，而是在舷邊就用高壓電擊棒將牠們給電死。

這是條**雨傘旗魚**（破雨傘），這種旗魚一般重約一、二十公斤，體型不大，但身形扁瘦抽長，風帆似的大片背鰭使他游速飛快，嘴尖又特別修長尖銳。快速、尖銳，**雨傘旗魚**簡直一把抽閃著的快劍，點到哪可能就刺穿哪。**雨傘旗魚**也因為對漁人安全造成威脅，通常也是敲破腦殼後才拉上甲板。

凶悍的，會傷人的，高貴的，敲頭、敲頭、敲頭。小條的、粗俗的（量多且賤價的）、不具威脅的，自己在甲板上摔打自己掙扎到死。也有些魚，在水裡就自我了結，彷彿願意犧牲身體但堅持讓生命留在水裡。

油壓樂器纖棉話機，有了這八個字加持，
沿海漁船像是機器人大幅升級，
船隻有了機械手臂，船身耐水耐浪，
漁人話傳百浬，並延伸了感官到空中到海底，
這樣的能力，可能不遜於過去的天神和海神。

以前沿海漁船放棍抓鬼頭刀，
四簍大概是極限了，漁人怕萬一斷棍、漂走、
找不到、收不回，如今，只要棍頭、
棍尾間繫幾支發報器，漂哪裡去？

15

油壓樂器纖棉話機

面對黑潮的沿海動力漁筏

大約一九八五年前後，油壓機械、電子儀器、強化玻璃纖維船身、無線對講機普遍使用於沿海漁船上。這些配備讓沿海漁業彷彿從手工進化為半自動時代。漁人對這些好用實用的自動化配備，自然也給了新的稱呼。設備先進，但稱謂倒是沿襲傳統，一樣能省則省。

油壓樂器纖棉話機，就這八個字，囊括了這年代沿海漁業彷彿脫胎換骨的一大步。

自從**延繩釣漁船**裝設了**棍仔機**（捲揚機）；**流刺網船**裝設了**捲網機**；**深海底刺網船**裝設了**大型滾輪式捲網機**；**底拖網船**裝設了**油壓起重機**；大多數漁船，也都在舵基部位裝設了**油壓舵**（油壓方向舵），這幾樣新款船上機械，動力均源自油壓，漁人就將這些機械設備統稱為**油壓**。

儘管這名稱與城市裡某種按摩方式同名，但海上油壓絕不花拳繡腿，這油壓動力幾乎省去沿海漁船上七、八成傳統人力。從此，收網、拔棍，漁人只須一旁協力及看顧，重擔的，就交代給**油壓**去跟大海拔河。

冬季鏢魚時，常遇海流強盛，原本船隻追住的**旗魚**忽然急轉竄逃，船長立即下達左滿舵命令好繼續追上，但過去的舵柄直接連結艉腹下的大片舵板，當船隻急轉時，舵板承受了強大水流壓力，也都直接反應在舵柄上，這時的操舵，我得用整個身子重量並拚上了所有氣力，才能將舵柄整個壓倒在右舷底側，好讓船隻小彎急轉，但因水流壓力實在過大，船隻往往轉弧不足，終至追魚慢了半拍，魚給追丟了。

有次，船長把手勢比向東邊說：「魚跑遐（那邊），」然後又指向西側意有所指地說：「船走遮（這頭）。」因操作不及追丟了一條魚，船長臉色自然不會太好看。

有了**油壓舵**以後，不再需要過去那樣將舵柄使勁推來擼去的，如今，兩根指頭就能掄轉方向盤，如何逆流急轉也能輕鬆操作。

船上有了油壓動力後，樣樣省力省時，傳統沿海漁撈那大粒汗小粒汗動不動就拚到全身痠疼癱瘓的日子是過去了。

特別駕駛艙裡那台外型不過小電視般，號稱雙機一體的電子儀器，除了有G.P.S.導航功能，又兼具水下聲波漁探功能。

可別小看這方不過八吋、十吋發著螢光的小螢幕，這台電子儀器讓漁船上沿用了數十年的航海儀器**羅盤**幾乎完全除役。

有了這台小螢幕，落網、放棍前，漁人再也不用過去那樣處處**看山板**、**看燈火**（看陸地山勢和燈光）來定位自己船點，也無須再貓一樣敏感且神祕兮兮地尋找腦子中記憶的漁場，不必雕像般肅穆僵硬全神貫注，不必再**聽流水**（充分感覺船下海流方向與海流速度），更不必賭徒那樣，憑直覺、憑感覺來下網下鉤。

有了這台儀器，船下水深幾許，是沙床或礁床，是平坦的斜坡或陡降的溝壑，無論是亮得閃燦的白晝或暗成墨一般的夜晚，儀器上一方小小螢幕，讓漁人的眼、漁人的心，不必沾濕不必打燈就能通透遼闊的海面，通透船下的三度空間，甚至，船下若有魚群聚集，也能如實顯影。

這方儀器讓漁人延伸了感官，多了眼力，多了視野，船隻彷若飛上高空連繫衛星，一下又潛水艇般潛入水裡觀察海流、摸索海床、探觸魚群。漁人作夢也不曾想到，這彷若天神的視野海神的觸感，竟能濃縮成一方螢幕出現在這般老舊的沿海漁船上。

隔沒幾年，沿海漁船上又出現了收、發報器和雷達，千里眼已經讓漁人夠驚訝了，沒想到，又添了順風耳，簡直會飛天會鑽海，耐用又實用，沿海漁人於是通稱這些新進電子儀器為**樂器**（河洛音）。十分悅耳好聽的兩個字。

漁人間的尋常話語也因這些**樂器**改變了，以前要報自己位置，說的大概是：「開開佇廟仔前（位置在寺廟外海）。」於是也有「白厝仔南」、「潭仔內」、「溪嘴口」、「鼻頭北」……等等以陸地地標相對位置來表明自己船點方位的特殊用語。

或者，船隻離岸稍遠地標矇矓無以為藉，也會改成這麼說：「在雞仔逝（音：抓，意：我在**黃雞魚**漁場）」、「在**紅魽**逝」、「在**紅鰲**逝」……魚類圖鑑般，漁人

以手動推來擼去操作船行方向的傳統舵柄

以周知的漁場來表示自己船隻位置。

自從船上有了這些**樂器**後，若要報位置，講的都變成是幾度幾分，海上像是畫了格子畫了線，船隻變成一艘艘棋子，規矩地走在螢幕所規劃的經緯線藍色棋盤上。

的確是更精準了，但一組組阿拉伯數字的對話，確實也比較沒有風景、沒有溫度。

這些電子儀器，漁人海上作業可以不必看天、看雲、看星、看日月臉色，不必再看山勢、看海流，不必再害怕迷失方向，過去的東南西北差不多也可以省略了，船點一閃一閃地就爬在螢幕上，海岸、港口、漁場、地圖、海圖、航向、船速、水深……一切都掌握在發著螢光的小螢幕裡頭。

甚至G.P.S.所延伸出來的**自動舵**也加入漁船行列。船隻出了港後，只要輸入航行目的座標，給船隻下達指令，漁人幾乎不用操作方向盤，船隻也能自動且準確地航抵漁場或港口。曾聽過有人讚美某船長駕船航遊四海的能力，他客氣地說：「海上其實都畫著線，只要沿著線走就能到達。」

老天給人最大的資產——感官，將因為這些儀器，而漸漸不需要再像過去那樣敏感，就像現代人習慣用螢幕以及快速的方式觀看世界，不必再像過去那樣耗時間耗精神地千里跋涉，才能點狀而有限地體會真實的山脈河川天空和大海。有了這些先進儀器，漸漸地，天不再那麼高，不再那麼不可捉摸，大海也不像過去那麼浩瀚、宏偉和神祕，人世以外的大自然環境，也就變得不再那麼崇高，不必再像過去那般敬畏和尊重。

以前得抬頭觀星、觀雲的，現在只須低頭看著螢幕；以前獵魚拔魚得一身練過的筋骨撐持，如今大半交給油壓機械代勞。漁撈確實有了效率，甚至快速超越了極限，漁人的感官，漁人的臂力，逐漸像廢棄在角落裡的羅盤。

總是得到許多，但也失去不少。

得到的不僅是基本需求而是過度盈滿，但失去的往往是根本。

如阿康伯講過的名言：「這幾項油壓樂器，魚仔無知加死哇澤（船上這幾樣先進的油壓機器和儀器，比起過去，魚隻不曉得因而死去多少）。」

過去的木殼船，板縫中一段時間就得重新擠塞**朴仔**（沾油麻繩和石膏），防止海水從縫隙滲入船艙。

船隻海上遭遇惡劣海況時，老漁人總會害怕船隻衝浪撞浪，可能將板縫間的**朴仔**給震掉了。只好，溫緩地順著浪勢，吋吋匍匐吋吋謹慎。到如今，強化玻璃纖維船身，一體成型無縫無隙，噴射引擎咻咻叫，不像過去那種老牛般的馬力，只能憨勁傻力一下一下叩叩來。

現代船舶能衝則衝，不再需要過去那般笑死人地照料縫隙和顧慮縫隙。阿康伯有一次又說：「好用是好用，毋過，過去一步一步走干吶卡實在。」

沿海漁人口中的**纖棉**（強化玻璃纖維）造船材料，確實改變了船身體質，過去建造漁船，離不開木工師傅那粗中帶細粗獷的拼接與雕鑿，每艘漁船都是師傅獨一無二的傑作。

現代漁船是用船模子灌漿似的敷上層層纖維一體成型。屬於這副船模所建造的船隻，都會同個模樣，仿如同個生產線製造出來的罐頭。

效率、量產，陸地上快節奏的發展演進，航行於原始海洋的船隻亦緊緊跟隨陸地發展節奏。裝備先進、效能提升、量能追逐、資本密集、經濟規模……漁業亦步亦趨，一點也不落後。

進步應該是好事，唯一問題在於自然資源是個有限的定數。一池子的水，可以一桶一桶慢慢撈，讓新的水源不斷注入，好像永遠也撈不完。快速、效能、量產，這池子儘管沒得比的寬和深，但只要撈出量大於注入量，即使是所謂可再生資源，恐怕也免不了枯竭的結局。

無線對講機，漁人一般稱為**話機**。**話機**除了讓船與船之間方便協調或互助，還能隨時呼叫漁業基地台，從此，海上船隻不再像過去那般單獨面對大海，孤苦無依。不是漁人愛講話，想想，大海多麼清冷寂寥，當船與船與岸，有話相通，連結的不只是話語，而是夥伴脈絡相牽的密切關係。

當訊息相通，距離改變了，從此，每個漁人每艘船，都不再是遙遠黑暗海上的孤島，不再是大海荒漠裡孤獨的一匹狼。

油壓樂器纖棉話機，有了這八個字加持，沿海漁船像是機器人大幅升級，船隻有了機械手臂，船身耐水耐浪，漁人話傳百浬，並延伸了感官到空中到海底，這樣的能力，可能不遜於過去的天神和海神。

以前沿海漁船放棍抓**鬼頭刀**，四簍大概是極限了，漁人怕萬一斷棍、漂走、找不到、收不回，如今，只要**棍頭**、**棍尾**間繫幾支**發報器**，漂哪裡去？

收拉又有油壓機器幫忙，落落長一串放下海去，一繩一鉤都在漁船掌握中。**放棍**嘛，隨便放也十數簍以上，靠**樂器**、靠**油壓**，一路衝撞下來，漁獲量因為這些新進設備確實風光了好些年，但彷如池子裡的水不再肥沃，魚體快速變小，漁獲量開始快速萎縮，漁業再也不及過去憑感覺純手工的年代，一把一把實實在在。

整個一串來看，有點像是白忙一場。

阿康伯的兒子迅速將**棍索**往**棍仔機**大小橡皮輪間一轉一繞，啟動開關，油壓帶動**棍仔機**嘤嘤哼哼隨著拉力變化發出高低吟嗚，開始收拉**棍母**。

阿康伯站上塔台高處協助操船，右舷水仙門就在他腳下，每一條**棍仔機**拉過來的魚，他都清清楚楚看著。只是再怎麼細心，還是時常被他兒子強強忍住性子十分客氣地說：「爸，不是這樣、不是那樣。」

阿康伯已經七十三歲了，在他兒子船上幫手幫腳幫些雜務，老是幫不上大忙，有點感慨吧，他說：「時代無仝款（一樣）了，過去大海教給我的，跟今日少年家操作的方式已經完全不仝款了。過去討海靠經驗，如今少年ㄟ討掠完全靠樂器。」

16

熱海火燒埔

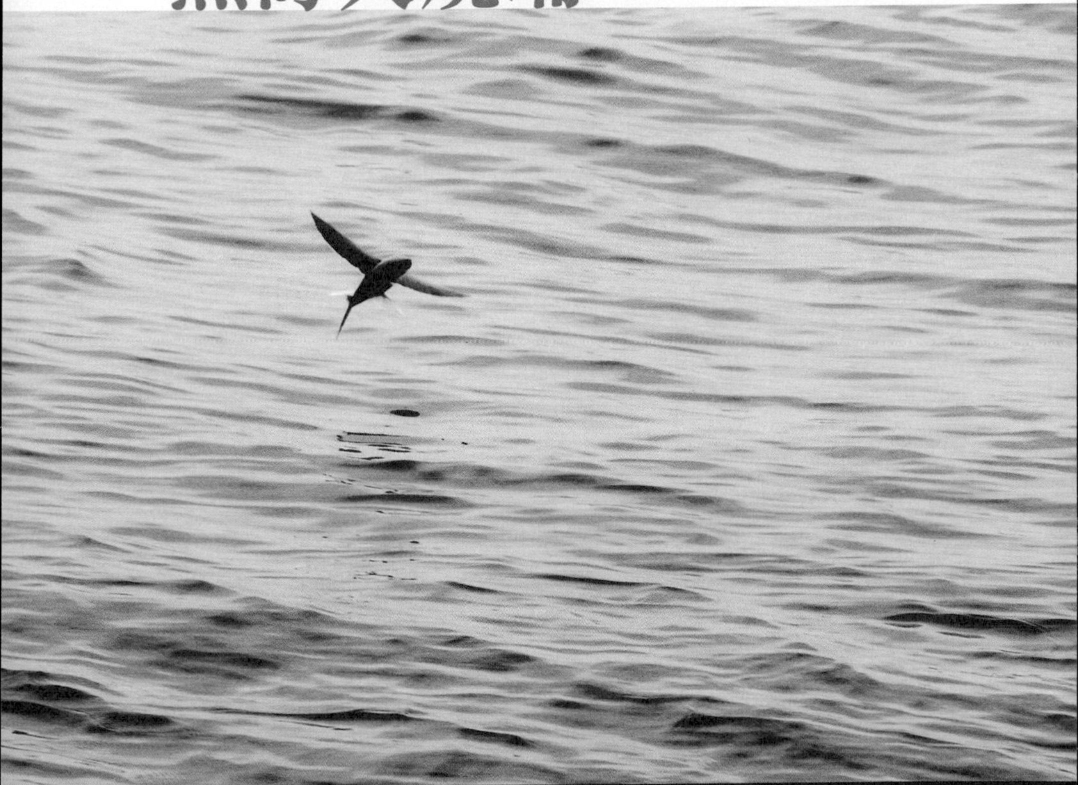

為何飛出海面？

飛烏飛，熱天到。

飛魚從濕氣氤氳的春末一口氣跨季直飛到炎陽端午。

似乎為了彌補起飛當初濕雨清冷的缺憾，跨了季的落點，陽光為**飛魚**曬亮曬熱了整片藍澄澄跑道。

晨曦一大早就將清朗熾亮的白幕高高舉出海面招搖，一下子功夫便抖掉了銀河裡纏綿的星辰，抖落夢裡的沉淪與夜暗，粉粉紅霞一出了水，便直指西天山嶺，紫霞隨後掩上，很快就瀰漫了整片穹蒼。

紫光紅霞還只是冷光，只是破曉時的過渡前哨，隨後燃放的橘熾，撒開來的就是帶著火氣的一場烤曬。

一點也不含糊的明朗霸氣。

直射的炎陽醒得早，曬得深。

像是為了刺探大海深沉的隱私，持續的光和熱，感動了如鏡的海面終於裂開無數縫隙，陽光行走在海面的無數長腳得以趁隙涉入。

空氣中長而直的光腳，一沾了水紛紛融成軟趴趴的漂搖光絲，一一潛水深入。

水裡一道道光絲，半凝、半懸，四下湧晃，猶如千盞、萬盞探照燈同時開啟了電源，向深沉的水下搖擺探射。也像是為了給涼冷體質的大海一些溫暖，潛入水裡的每一絲光，都盡情釋放一路攜著來自外太空那顆火球燃燒的熱能，並盡量潛入更深。

沒有陰鬱的雲來遮攔，沒有濕冷的風來干擾，當季陽光的熱情是全面的，從破曉縱火一路焚曬到黃昏。

有些不得要領暫時找不到縫隙下去的光，焦急地在海面亂步跳躍，鋪出片片金光閃爍。

炎陽火氣雖大，誰曉得海面愈曬愈是沉靜，像在溫存享受，有時曬到深處癢處，海面只剩疙瘩漣漪，連最基本的湧動也忘記了。

這時的海，溫婉安靜，整片、整塊毫無遮掩地向天裸裎，完全曝曬。

熱海指的是夏季溫熱的海水，也可說是黑潮這股暖流的基本體質。漁人稱陸地為**埔仔頂**，這時埔仔頂面臨大暑，炎陽自東方海面昇起後一路火燒似的鞭曬、毒烤直到落下西山。大地處處炙燙，滾滾熱氣不到半夜靜不下來。

天黑後終得休喘片刻，暗地裡才要冷卻，像是故意為難，天很快又要亮了，接著，又是一整天火燒烤曬。

液態海水與固態陸地究竟質地不同，同樣曝曬，海水頂多表層溫熱，陸地上的熱感簡直像是一場火剛剛燒過；所以這季節討海人稱陸地為**火燒埔**。

有些漁人也是避暑來到海上，他們說：「無得覓，來海底睏卡涼（沒處躲，來海上過夜比較涼快）。」

大海體質涼冷，而且夠寬、夠深，心情十分深邃，允許陽光熱烈、狂猛地在她寬敞舞台上任性踢踏鑿鑿穿刺。魚群浮沉是她心情的寫照，不像上一季的浮面湧動，盛夏這一季，魚群深沉，她手一攤仰躺著慵懶曝曬自己。

分不清誰感染了誰，就一種顏料連結海天之間，黝藍墨藍深藍靛藍湛藍寶藍清藍淺藍，上下對照高低呼應。

炎陽的熱勁合上海水的清冷，這一季倒過來是海在承受天的狂熱，完全攤開來，任你烤曬，任你燃煮，隨你深入，隨你糟蹋，每個角度隨你直射或斜曬，每個角度都任你探索。

平靜、慵懶，**熱海**，**火燒埔**，為了遠離熱源，這季節魚隻深潛或離岸更遠。

這時的大海沒心思也沒心情。

飛魚越飛越遠，**鬼頭刀**意興闌珊，偶爾經過沿海海域的魚，熱海裡也都熱瘦了身子，熱昏了頭，一隻隻癟癟瘦瘦、匆匆躁躁。

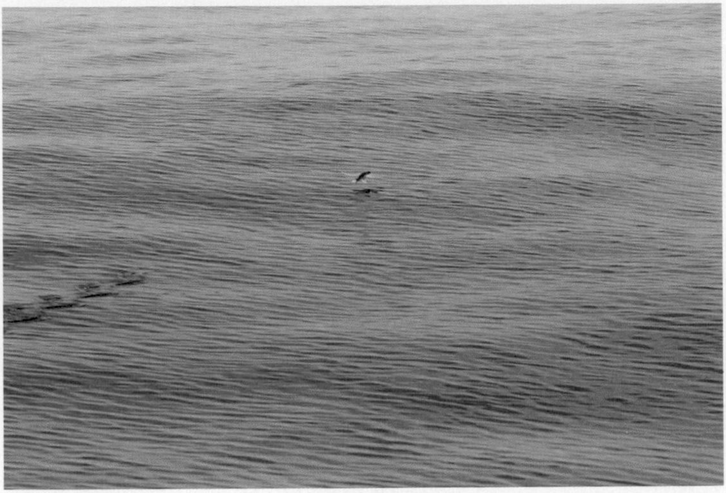

飛魚是躍波踏浪的高手

阿康伯前甲板**拔棍**，抽手抹掉額頭汗滴嘆口長氣說：「海面平坦坦，哪無風颱來攪攪抐抐咧，強要抓無魚（海域太平靜了，若不來個颱風攪拌一下，恐怕無魚可抓）。」

海水默默，如冷靜的信差，攜著暑夏情熱，一方面往北方冷水域傳輸暖流，一方面悄悄蒸起海面溫熱水氣。釀一身輕盈冉冉攀升，發酵成拔起高空叢叢朵朵棉白積雲。

持續的、持續的，你火熱深入的瞪視，我完全坦然完全承受。海天於是劇烈對流，繞著彼此緊弛間繫連著的心，逐漸盤氣成旋，之間雷電蓄積，氣旋裡隱隱響著悶悶鼓聲。

我們無中生有，一道捧起盤旋半天的

一叢盈白花朵，慵懶平靜中，我們終得藉由冷熱差異奮起一場悠揚振作的呼吼。你的光與熱，我提供素材和舞台任你揮灑，你拔取我的水氣，在你的空間裡蓄勢盤轉。

動盪時需求安靜的機會，平靜過後需要啟動的契機；沒有永恆的騷動也不會有永遠的止靜；海天是絕配，一方任性過度了一方負責撫慰，當一方過熱，一方趕緊冷卻。

海天其實是恩愛無比的一對，你負責驅動季節情緒，我負責流轉時光，密切互為互換適時調配水火、動靜、高深、躁寂與豐竭。

這股氣勢這般默契誰人能比。

熱海，說明大海夠寬夠深夠涼冷，這一季曝曬，儲存了大量熱能，溫暖了心；而陸地一季曝曬後，幾乎成為焚燒般的火燒埔。

17

雨笠仔

因美麗背鰭得名的雨傘旗魚

拉靠近了，上鉤的是一條**雨笠仔**。

雨笠仔即河洛話雨傘的舊稱，這魚一般稱**破雨傘**、**破雨傘旗魚**，比較正式的名稱為**雨傘旗魚**或**芭蕉旗魚**，英文俗稱**帆魚**，均得名於其似帆的一片大背鰭。

海中生活免不了獵與被獵，因為游速快，追逐或逃逸勢必衝撞激烈，當**雨笠仔**年紀漸長，通常背鰭處處撕痕裂痕，就像社會歷練，就像人類的皺紋，就像所有生命通常越老越顯得滄桑，**雨笠仔**將這些生活折騰都註記在牠被命名的寬大背鰭上。因此，漁人有時也會加個**破**字，以**破雨傘**更立體地形容這種魚的形體及其生活樣態。

「**鏢篙**揭來（標槍拿來）！」**拔棍**的阿康伯不尋常地喊了聲。

我立即退掉引擎，拿了鏢槍等在右前舷待命。我知道拉靠近的這條魚是**雨笠仔**，但不明白為何動用鏢槍。大概是這條**雨笠仔**夠大吧，可能是阿康伯怕**棍索**撐不住，吩咐用鏢槍適機補上一鏢，較為妥當。

這種補一鏢更牢靠的做法，漁人稱之為**寄鏢**。通常是用來對付拉到船邊仍然強烈掙扎的大魚。

我持鏢待命，從舷邊看著水面下魚影，海波糾纏，條狀閃晃，隔著空氣看起來這條**雨笠仔**只是比一般體型胖一些並不特別壯碩。我這輩子捕過最大一條**雨笠仔**是七十公斤，那已經算是難得一見的大傢伙。我心裡想，阿康伯會不會判斷錯誤小題大作，竟然要我準備牛刀舷邊待命。

船下這條**雨笠仔**離船已近，漁撈經驗不多的我都能下判斷，這條魚頂多不超過三十公斤，這種大小的魚，必要時阿康伯自己都能獨自處理。但，阿康伯叫我拿一根鏢獵大旗魚的十六尺大鏢槍等在舷邊，還好海上漁撈沒有觀眾，不然真的有點像是**莊孝維**（被當成瘋子耍弄）。

上鉤這條**雨笠仔**已拉近船腹下，差不多是二十多公斤而已，應該是阿康伯看花了眼，我不由自主地後退一步，想說悄悄收起鏢槍，裝作忘了這件事，免得魚拉上甲板後還拿著鏢槍彼此尷尬。

沒想到，阿康伯緊追一句：「揭鏢，靠倭來（舉鏢，靠過來準備）！」是他腦子不清，還是我眼睛遲鈍。還真是看不懂阿康伯在打什麼算盤。

雨笠仔一浮出水面，怕光遮光似的，立即將他帆樣的背鰭整片打開。傘骨（鰭骨）整排整齊輻射開張，骨架間牽連似藍似黑片狀薄膜，薄膜上圈圈點點應該是海神賜予的圖案吧，閃閃散發著油光和螢光，那麼彰顯、那麼驕倨、那麼自得，陸地上沒有一把傘比得上牠的美麗，儘管傘裙邊有些破損，僅管漁人給牠**破**姓，但完全無損於那來自海神讓人驚嘆的大洋手筆。

這樣的景是看過好幾次了，但每次看見還是都讓我驚訝讚嘆。

特別這把傘是活的，隨**雨笠仔**長條身軀柔軟扭擺，這把傘呈現龍騰的身影。舞龍時看見的還只是線條的扭動，**雨笠仔**這把傘可是片狀且一路散放螢光的波擺。海面多樣的浪擺，恐怕也要自嘆弗如。

讚嘆之外，還是想不明白，為何阿康伯要我拿這麼長一根鏢槍瞄準舷邊這場美麗風景。那模樣說真的還有點呆。

「來了，準備。」阿康伯提醒我再次瞄準，準備刺射海面舉著傘的這條**雨笠仔**。其實我並不想這麼做。

舉一根粗魯的鏢槍要來戳刺這麼細緻的身影，沒必要也沒什麼道理，簡直是拿著劈柴的斧頭要來砍一朵玫瑰。

「準備，準備……」阿康伯仍然一聲聲叮嚀。

他拉魚速度變得出奇緩慢，好像並無意速戰速決將這條魚拉靠船舷，也好像是無論如何就是要我鏢刺這條**雨笠仔**。

我將鏢槍舉在胸前，鏢尖露出舷外指住這條被阿康伯控制住的**雨笠仔**。

好吧，我心裡想，雖然完全莫名其妙，但還是聽命行事吧。

就等牠側身，只要下一個側身，鏢靶就會現出大片機會，準備好的鏢槍就要刺出。

再次抬高鏢槍，好讓鏢尖準星照住這條**雨笠仔**。

鏢台前緣的鏢槍和鏢繩

我眨了一下眼，狀況不對，「咦，是我眼花了嗎？」

這條**雨笠仔**轉了個角度，鏢尖準星指著的美麗傘頁，竟然分歧出兩道、兩片。武俠世界這叫**分身術**，一虛一實，虛實間混淆敵人的目標。這兩道帆狀背鰭，一樣圖案，一樣美麗，一樣略帶滄桑。眼科醫生稱這現象為**散光**，一個體，兩個影。

我手上的鏢尖準星上、下挪動，猶豫了一下。

「吖是按怎（到底怎樣了）？」看我還不出鏢，怕驚動眼前的**雨笠仔**，阿康伯細細聲斥責。

直到這一刻我才恍然明白，眼前是兩條**雨笠仔**，不是我以為的一條。

其中一條吃餌上鉤，她的伴侶，另一條一路緊緊相陪。

牠們一直貼得太近，又每次看魚時恰好我看見的都是牠們疊合的角度，再加上自己一直固執地認為是阿康伯小題大作，這些湊巧讓我始終錯覺拉到船邊的是一條一般大小的**雨笠仔**。

直到這時，阿康伯的意思豁然開朗。上鉤的這條當餌，反正跑不掉他慢慢處理，陪著的那條，讓我用鏢槍刺獲。

他想讓這兩條緊隨相依的美麗**雨笠仔**一起上來。

明白了原來如此後，嚇出一身冷汗。老天保佑，幸好沒在猶豫間出鏢，萬一刺到的是拉在阿康伯手上這條，換句話說，就是失去了阿康伯處心積慮一直想要的另一條。

再換句話說，「叫你鏢遐，你鏢遮（叫你鏢那，你鏢這）」，做了這樣的蠢事恐怕當場就會被踢下海去。或者，阿康伯會冷冷丟下一句：「明天不用再來了。」根本不想跟這種蠢蛋講話，何況同舟共濟。

若真的發生這樣的事，甚至，將會在港裡出了名，被港裡漁人嘲笑一輩子。

我得正經一點，瞄準一點。

不受漁鉤不受**棍索**羈絆，儘管這條多情的**雨笠仔**是自由的，但要刺中牠其實不難。這情況下不管是為了陪伴，為了保護，為了情愛，或果真是為了同生共死，這些情況下，生物通常已失去尋常的警戒，情義早已超越生死以外。

用粗長的鏢槍刺殺牠確是粗魯，無論是牠們的顏彩之美，或情義之美，但是，好像也只有這方法可以讓兩條**雨笠仔**一起上來。

牠們下個側身時，我決定狠心將鏢槍刺出。

海面並沒有一般刺中魚時激起的激烈水花，我手上隨後握住的鏢繩似乎也沒繃得太緊。

被刺中的牠好像明白結局，明白無須太多掙扎。

拍賣場上一對鬼頭刀

18

雙雙對對

這方領域，是漁人開闊的天地

很多魚時常雙雙對對。

過去寫了些魚的雙對恩愛，曾被以為是陸地情感欲求不足的投射。常覺得當船隻從現實陸地航向浪漫大海，幾分形似踏出人世侷限，探求外在視野。

回頭看山，回頭看生活的這座島嶼，當然也回頭看見人世裡的自己。

除了人，其實萬物有情，雙雙對對出現的生物處處皆是。

生殖是所有生物的天命，成雙成對，恩愛相惜，無論蟲、鳥、人、魚，無論配對原因是恩愛或只是繁殖季節的交配目的，無論是一生一世，是持久或短暫，雙雙對對絕非編造，自然生態中的情義互動通常相當感人，有些更是超越人性所能。

海上看了魚的雙對恩愛後，接著才看見了枝椏間大多數鳥類除了群聚以外也經常成雙成對出沒；最後，也才回頭發現，人類一模一樣，群居或配對，一輩子的，短暫的，隨時變動的，從原始關係到超越傳統關係的各種各樣都有。

有趣的是，不少人以為只有人類懂得相愛。

19

掃罟

被刺網網紗纏住的魚

黑潮近岸，帶來大洋性浮游魚類靠近沿海，東部沿海漁人常用**掃囝**來攔截這些**過路魚仔**（隨海流來去的魚群）。

掃囝常用於深水海域，台灣東部海域深邃，**掃囝**是東部沿海普遍使用的漁法。囝是漁人對漁網的統稱，而掃字則帶有征討、侵略等強勢掃蕩的意味。**掃囝**，聽起來甚至頗有趕盡殺絕的霸氣。

字意其實清楚明白，**掃囝**就是讓一座漁網在海域裡掃蕩而過的漁撈作業。不負其名，這種漁法也就是大名鼎鼎被稱為**死亡之牆**的**流刺網**。

然而，**流刺網**作業時，漁人只是將一座**刺網**施放於海域裡隨海流漂蕩，作業期間，漁船並未施予這張網具任何動力拖拉。換個角度說，這張**刺網**不過如此安靜的、低調的、被動的，只是隨著海流漂過作業海域。

這樣的作業方式，似乎不如其名。**掃囝**或**死亡之牆**至少給人主動侵犯、積極掠奪，甚至囂張跋扈的感覺。

對比**雙拖網**、**底拖網**這兩種藉由船隻動力拖拉的漁法，或者**巾著網**、**棒受網**這兩種高度配合船隻動力的**圍網**漁法，**流刺網**的施作方式相對還算是溫和爾雅。

流刺網作業方式顯然並不暴力，但惡名纏身，那會不會是因為它名字裡帶**刺**？

刺，總讓人感覺尖突扎眼，感到不安，河洛話常用**刺揭揭**（有如刺蝟或鼓脹的河豚那樣一身利刺賁張）來形容惡劣或不友善。

會不會**流刺網**就是**刺揭揭**一身是刺？

可是**流刺網**的長相如此平凡，不過就一般經緯網絲編織成的尋常格子狀網目，網具顏色單純，不出白、藍、棕三色，外觀與一般漁網完全一模一樣，網子上確實沒有任何一根刺。整座網具，既不尖銳尖凸也不猙獰凶狠。

反觀水裡悠游的每一條魚，一般時候和善優雅，但只要遭遇狀況，牠們全身立即緊張緊繃。將背鰭、胸鰭、腹鰭、臀鰭……或鰓刺、尾刺……莫不立即反應，奮力張舉，刺尖向外，一副與世界為敵好膽過來試試看的**刺揭揭**模樣。

刺網的**刺揭揭**，指的好像不是漁網漁具，而是受獵的魚隻。

流刺網作業時，漁人常指著浮於海面的網緣浮球說：「看，魚仔來**潛網**了（看，來往魚隻不小心撞網而**刺纏**於網子上）。」那**潛網**（音：藏網），河洛音唸起來幾分近似**刺網**。

刺網是名詞，但其**刺**字並不是相關於該漁具的動詞。原來，**刺網**指的是魚隻來**刺**這張網，並不是這網子長了刺來**刺**魚。

魚是動詞，漁網是受詞。

魚是長了刺且悠游來去的音符，不小心刺纏於海域裡溫和流動的一張網譜上。

那年夏天，我在阿茂伯船上抓**掃罟**，目標魚是**雨笠仔（雨傘旗魚）**。

這時節**熱海火燒埔**，魚隻通常深潛或離岸更遠。這時節是東岸沿海漁業淡季，沿海漁人忙碌整整一季春風後，放鬆勞碌心情，準備閒閒度個**熱海**小月。

上個漁季將結束的端午前夕，阿茂伯就跟我說：「攢攢咧，來去海底睏卡涼（準備準備，下一季那種熱天來去海上過夜比較涼快）。」他真正意思其實是：準備一下，接著我們要用掃罟來抓**雨笠仔**。

漁撈作業無論**暝日**（白天夜晚）一般都很辛苦，明明去抓魚的，竟說成去睏，而且**卡涼**。可見**掃罟**作業比較起來，算是較為**輕苦**（辛苦中的最低等級）的漁法。

當然，這季節許多魚都避暑去了，漁獲不多也是說它**卡涼**的主要原因。另外，比較起來，**掃罟**作業算是省時省力的漁法。不像放棍（延繩釣）作業，事前要備餌，事後要**清棍**（清理釣具）。**掃罟**作業時，頂多就是收放網時萬一不順、不慎鉤破或拉斷網絲，偶爾漁撈間隙需要花點時間補補網具而已。

很少沿海漁撈作業如**掃罟**這麼讓漁人清心（沒太多麻煩）。不僅不用事前準備，只要解纜跳上船，直接就能出航作業，也很少漁撈允許返航繫纜後，單純只是賣了漁獲就能回家休息。

阿茂伯選在炎陽已經斜在西天山嶺不再威逞的傍晚才航出港嘴，艉甲板上幾張毛毯覆蓋著防曬的是滿滿一堆約兩千五百公尺長，俗稱旗魚罟的旗魚流刺網。

船艉負重，船身沉坐，引擎賣力鏗鏘似在奮力爬坡，航向鎖定南南東，預定天黑前航抵放網海域。

這麼長這麼沉的一座網具，竟然就阿茂伯和我兩人來放、來收，人力已經足夠，主要是因為船上有**油壓捲網機**動力配合收網。阿茂伯是有點年紀了，不然**流刺網作業**一艘船一個人也能操作。

使用**罟仔（漁網）**捕魚，概略分為**拖網**、**圍網**和**刺網**三種。

刺網又分為**流刺網（掃罟）**和**底刺網（搭底罟）**兩種。一流、一底，兩者網具主要差別在於網具置放位置和作業動靜方式不同。

流刺網施放後懸浮於海表，隨海流自由漂蕩於廣闊水域；而**底刺網**沉於定點並下錨固著於海床。

流刺網是飄逸的流浪者；**底刺網**謹守本分只是駐點張揚。

刺網作業，一浮、一沉兩者，都需要被動耐心地等候魚隻過來糾纏。但兩者中，又為何獨獨**流刺網**獨沾惡名？

停了船，天際還殘留最後一抹晚霞，海面茫然昏暗，岸緣山勢朦朧，塵世的繽紛繁華已經遙遠。

遠遠沉落在天邊的村落接續燃亮燈火，之間牽連的海岸公路也都亮起路燈。遠遠望去，好似一條蜿蜒燈龍連接一團燈火，立刻又銜接另一條燈龍，真像是一條條閃燦的火龍追逐著一團團火球。

夜空悄悄點燃星宿。

阿茂伯按例與前後鄰船講了話機。確認並協調相對位置，避免作業時偌長的網具互犯干擾。

協調過後，阿茂伯打亮艉甲板放網燈，身手俐落爬過網堆，將艉板上的網端繫上**照旗**，並隨手扭亮照旗上的閃燈。他前後看了一下海面，向駕駛艙的我揮了個東南向手勢，起跑槍響似的，阿茂伯用力喊了聲：「走！」

我催促引擎，把舵回船。

阿茂伯一把將**照旗**拋落黑暗海裡。

七節航速，舵擺東南，船隻飛快衝出。

船速拖拉網絲，艉甲板上原本如山若丘的網堆，土石流般，這座小山自後端邊緣開始傾塌。

塌下來的網絲紛紛攘攘，雲擺、刷涮、奔騰，如甲板上摩娑急行的片片藍帛，網絲網目相牽互扯，分別流利地撲上船艉板，若一道翻牆的藍色雲瀑，一朵雲追著一朵，挨挨擁擁，紛紛爭擠著一起滾落黑暗水裡。

真像一群搖擺趕路的隊伍，為了追上艉後海面那盞越漂越遠的**照旗**閃燈。

艉甲板上看來棼亂擁擠，但一堆若山的刺網，奔落下海時，匆匆奔行中不僅前後有序，而且，網子上緣的**曝光**（繫著泡棉浮球的上網緣），與網底的**雷腳**（網具下緣的鉛繩），左右分別清楚並不含混，網緣上下分頭奔騰落海，之間的**網肉**（網紗），再怎麼善於鉤鉤纏纏也都被左右夾挾只能順序跟隨落海，無從作怪。

阿茂伯為了防止放網、收網時，難免網紗鉤纏船板，他在整個艉甲板包括船艉板上鋪了一層紗窗用的尼龍紗網。這張紗網，讓刺網下海或收網從海上回來甲板上時，都能無牽無掛跑在光禿滑溜的跑道上。

後甲板這堆**流刺網**網山，萎靡坍塌，看來好像是糾纏成一團永遠也理不清、張不開的大麻煩。其實它依序堆疊，亂中有序。特別下了水後的**刺網**，網子上緣的**曝光**有泡棉浮球撐起浮力，下緣**雷腳**有鉛繩下壓墜成沉力，落水後，海流一搧，**網肉**似乎得了口氣自動垂直張開。幾分像是沾水復活。

甲板上的笨拙只是表面，空氣空間並不是它的戰場。

水底下，如魚得水，整面刺網在黑暗裡懸垂開張，幽幽緩緩；讓空氣裡層層堆疊擠壓的鬱卒，在夜暗水裡盡情舒展。「啊——」**掃罟**先長長地鬆嘆了一口氣，然後沉沉地說：海水裡才是我伸手展腳的空間。

儘管如此，**掃罟**身段依舊十分低調而柔軟，當整座網具下海，它慢慢自動串連成懸浮於水面底下的一座長牆。

牆寬約兩千五百米，牆高約二十五米。

這堵長牆由海面浮球提著，這座網牆並不工整，而是凹凹凸凸活生生蠕動著隨海流漂移。

為了讓魚看不見網具而不小心撞網，**刺網**作業一般都在夜裡進行，並在天亮前收網、收魚結束作業。

分不清海天交界的夜晚，阿茂伯將這座**流刺網**暗地裡一條線東南向撒放於黑潮流過的海域。今晚，這道長牆將悄悄走過、掃過大片水域。

這座網牆安靜沉著地漂移，一身滿布由絲線框就的孔洞。這些孔洞只允許時間和海水暗地裡通過，這座陷阱，將不輕易放過比網目大的任何生命。

停下來的往往僵硬，但動態的通常柔軟。

網紗柔軟，隨海流漂晃蠕動，海水森冷，網絲幽微，低調、靜默、柔軟，它將惡意藏於幽暗，將殘酷融於海波底。

漁人持探照燈警示來船，我們正在下網

收拉刺網

它閉眼、低頭，但是大大地張開手臂；它漂流的心是空的，所以胸懷寬廣；它既不主動也不選擇且耐心十足地等待，男女老少皆宜，**雨笠仔**只是今晚可能前來撞網前來糾纏的對象之一。

黑暗水裡，**掃罟**是一堵無形的黑色長牆，上頭彷彿懸掛著千萬隻戴著黑色手套且活生生的爪掌，它們群體隨著沒有任何耳朵聽得到的黑色舞曲波擺舞蹈，每根指頭都隨著波流揚動著它們的黑色饑渴。

我問阿茂伯，為何**雨笠仔**不用避暑？

「因為這魚有一把美麗的傘。」分不清真假，阿茂伯認真回答。

當小山般一堆**掃罟**全落了海，阿茂伯對著黑暗船艉說：「其他的就交給你了。」

這一晚，我們就拜託這座絲編的網牆，專門要來攔截**雨笠仔**美麗迴旋的傘舞。

流刺網柔漾漾軟趴趴的，狀似無能，但可別小看，**死亡之牆**可不是浪得虛名。它只是不急不躁，只是柔柔軟軟，只是慢慢來。

沒什麼能耐又擅於表面張揚的，通常兩三下就讓人看破手腳。相較於那些誘惑的、眩惑的或積極主動拖拉的漁法，**流刺網**的行事風格顯得特別被動而柔軟。

但被動柔軟的，不一定就沒有殺傷力。

魚體儘管流線光滑，但無累無贅滑溜溜的部分只允許單向，牠們的體態其實順者滑、逆則阻。逆鱗而上，不但十分粗糙而且一路刺刺卡卡一步都不容易。當魚隻不慎撞上**流刺網**，只要鰓蓋、魚鱗、鰭刺或牙齒，只要其中任一樣被網絲給鉤住、纏住，順滑逆阻的魚體構造，讓牠根本不可逆也無可退。

當魚隻撞網後知覺不對，本能上大概就是立即翻騰使力，用牠這輩子最大力量想要一舉掙脫突圍。

魚隻撞上的若是掛底的**底刺網**，更大的掙騰力道，硬碰硬，或能掙斷網絲、扯破網目。但撞上的若是**流刺網**，這種網具的魔性就在於並沒有任何支點撐開它、綳緊它、僵硬它，再大的掙扎力道，恐怕都像是打在棉花上，打在空氣裡。**流刺網**整座網具因懸浮而柔軟而柔韌，除非神力才有機會扯斷掙破，再怎麼孔武強壯的魚，即使海水裡最巨碩的巨鯨，也將因為無從著力，而無法掙斷網目的糾纏。

流刺網是種以柔克剛的漁法，不小心撞網的生命，若懂得不掙扎且冷靜耐心地等待，或許還有一絲機會擺脫糾纏。但只要掙扎，所有身上的尖突、凹缺和不順，都會主動大把大把地扣抓網絲。

而且，越抓越多，越扣越緊，越緊越死。

越強壯的掙得越久抓得越多，一絲一線將自己更緊密地纏住、扣牢、抓死。絲線連成的是更堅固的網面，一絲又一絲，一層又一層；從撞網的點，牽扯紛亂許多道線，再擴及一層層網面。

因為掙扎，所以讓自己從被網絲纏住、困住到被網具包住、裹住。

直到無可解脫。

真像是自尋煩惱想不開的人，一絲一把地將原本無關的麻煩不停地給抓過來。又彷彿沉溺其中，越陷越深。用掙扎一再綑綁自己，直到動彈不得。

這就抓住了。

這就是**掃囮**的惡魔本性。

水底下的事，水底下的糾纏，全都交給**掃囮**去處理。

下網後，阿茂伯迴轉船身，打開**甩啦燈（手持探照燈）**，沿著浮在海面的一粒一粒浮球探照，很快檢查一遍，整座網牆所有網肉是否都順利懸垂。

光束探照下的盛夏海水，平靜通透，若一塊無瑕的藍寶石。光束帶引下，藍色網絲深沉融入逐漸隱沒。大海過於空曠過度寧靜吧，網目間很快聚集了些小魚，也恰好照見幾條**飛魚**躍網飛過。好像熱帶地方，居民白晝都躲著日曬直到傍晚才出了洞穴活動。也好像空曠的大海裡難得找到一處可以如此穿梭遊戲的場合。

小魚兒們似乎歡喜地攀著網牆繞圈圈，牠們渾然不覺，這可是一座**死亡之牆**。

放心，這些小魚兒們的網間穿梭還不至於是死亡遊戲。

一般以為，**流刺網**的生態危害是**大小通吃**。

好像被抓到了既然是個大賊，就將奸殺擄掠加上放火等所有罪衍一起倒在它的身上了事。

不，其實**流刺網**很客氣；至少表面很客氣；譬如，我們所使用的旗魚流刺網，網目大約十五公分四方，網絲約一般家用電話線直徑，不超過七公分以上的魚，歡迎將網牆當遊戲場所，自由來去，從容穿越。

掃罟並不**大小通吃**。

下過網，也檢查了一遍，一切順利。

阿茂伯深深打了個哈欠，沉著聲說：「睏一醒再來收（睡一下再來收網）。」

阿茂伯隨即從駕駛艙隱去，不曉得躲哪個角落**卡涼**去了。海面暗幽幽，整艘船上不過桅杆頂一盞小紅燈，這世界好像只剩下一盞燈一個人一艘船浮泛在黑暗海上。

了無睡意，但還是讓自己露天仰躺於**盆面**（整艘船像個大盆子，漁人稱甲板為盆面）。船邊傳來陣陣細碎水聲，腦子裡清楚看見一條一條**飛魚**像一隻隻羔羊跨越網繩。船腹盪漾，船隻受海流輕推在海面上悄悄漂流。不知光害的星辰高低布滿夜空，無聲喧嘩。時間搖晃在虛無的黑暗裡，完全失去方向，沒有刻度。

年輕時做過類似孤船夜漂的夢，那時的浪漫長了翅膀，船隻經常漂在雲端。這一刻，夢想幾近成真，差別在於自己躺著的是一艘漂流的漁船，而且，船邊還漂著一座兩千五百公尺長的**死亡之牆**。

不小心還是睡了一陣，胡亂也夢了一陣，果然海底卡涼，是被冷醒的。

醒來時發現甲板燈已經打開，阿茂伯不曉得何時醒來，已站在燈下換穿**油衫油褲**（連身雨衣）準備收網。

看我醒來，他指了指船邊網具標燈提了聲說：「**循山**啊，攢攢咧來收（網子已漂成與山脈平行的南北向，準備準備，可以收網了）。」

放網時，船隻東南向衝出，漁網撒成自西北而東南一面斜牆。整座網子隨流而漂，網子外端海流較急，整座網牆漸漸地漂成東西向，這時，網牆與海流垂直與岸緣垂直。魚是海流給帶過來的，垂直這時，流刺網的攔魚率最高。

當網子繼續漂，外端逐漸超越內端，逐漸漂成自西南而東北斜面。最後，整座網具終於漂成南北向，即所謂**循山**。意思是網面與岸上山脈平行了，這情況下除了攔截率低，若不收網，網具在水裡可能被水流前後推湧而擠成一堆，那就不再是一座張揚的網面，而是糾纏成一丸的網團。

船隻趨近照旗燈時，我看了一下時間：十一點而已。

這時間，岸上夜生活才要開始，而黑暗海上我們已經睡過一回，也將要進行今晚第一次收網。

阿茂伯海上拾起照旗，拉住網端，直接將網纜扣掛於懸在船艉空中的油壓收網機滾輪凹槽裡。這收網機像是一顆掛在空中的結實球體，其中的橡皮滾輪哼哼內轉，將張開在船尾的網具，漏斗口般捲進甲板。

阿茂伯和我分別站立捲網機兩側，將捲進來已經痿軟的網肉，一把一把捧住，分別上、下緣，並撒向後甲板內緣。這次收網若堆疊得序，下次放網就能俐落順利。

最吃力的已交給捲網機收拉，但網紗含水沉重，單單一把把捧著網紗往內潑撒，同樣動作反覆一陣子後，該痠該硬的筋肌沒有一處能夠豁免。一身淋漓，汗水、海水，裡外一身鹹鹹苦苦。

儘管今晚**掃罟**渴望的是**雨笠仔**，先上來的是三條可能是被跨網遊戲的**飛魚**吸引過來撞網的**鬼頭刀**。

網目只負責抓住魚，並不負責辨識魚種。

使用旗魚流刺網，抓到**鬼頭刀**，或抓到其他任何非目標魚種，並非有意，因為漁網不會輕易放過任何前來糾纏的生命，這種情形稱為**混獲**。

「來了，**雨笠仔！**」比起**鬼頭刀**，阿茂伯顯然更樂於看到網子裡掛著目標魚種。

這條掛網的**雨笠仔**隨網才離開水面，阿茂伯適時按停油壓開關，並用延伸在艉甲板的長竹竿操控離合器，讓船隻稍稍倒俥頓點一下，拖在艉後的漁網一鬆，這條**雨笠仔**重新落回水裡。

阿茂伯這麼操作，不是要放掉這條魚。網子上這條**雨笠仔**動也不動，應該早已氣絕。旗魚通常脾氣暴躁，掛網後並沒有太大耐性這樣被抓住、被困住。阿茂伯鬆掉網目張力為的是不讓網絲將這條**雨笠仔**懸空且綳得太緊，若網絲給魚體過大壓力，可能傷及漁獲的筋骨。

形體夠長夠大的魚，若折斷筋骨，俗稱漏摳（魚體全身筋肉將完全鬆弛掉），整條魚肉將變得糜糜軟軟，怎麼料理都不好吃，失去海鮮價值。

抓到目標魚，我們切掉機械開關，轉換手工操作，細膩地為這條**雨笠仔**鬆綁解脫。

接著，連續三條**正鰹**上網；緊接著又來了三條肥碩的雨笠仔。

再長的路也會走到盡頭，收收拉拉，逐漸已經收到網尾。

「可以了，這一網……」我心裡才想著，沒想到，船尾海面接著靠近的十幾顆浮球擠作一堆，而且半沉半浮，似乎負重苦撐著。

捲網機吃力地間續哼吟，好幾下還滑脫網紗空轉了好幾圈，垂到艉後的網絲，啪啪吃緊，這分明是網到了一條比**雨笠仔**更重的大魚。

果然，水下魚體隱約白皙皙一大片，確定是條大傢伙。

「哎呀！」沒想到阿茂伯不過探頭看了一下，好像不歡迎來者似的，立刻就嘆了一聲、咒了一聲。

這頭網中物，少說兩百五十公斤以上，捲網機加上我們兩人使了全勁，好不容易才將這條傢伙拉靠在船艉板上。

燈光昏暗，大傢伙周身裹滿網絲，又因過度使力兩眼有些茫然，只看到露出網目的一截胸鰭鰭端，一時還無法分辨是什麼魚。

已經網尾了，魚體應該掛網許久，動也不動。

花了一段時間，費了好大的勁才將網子裡的傢伙清楚給解了出來。

我也發現解網過程中，阿茂伯反常地不發一聲一語，一直鐵著臉，解網動作甚至是粗魯撕扯，這都不像是一向謹慎細心的阿茂伯尋常的行為。

這傢伙離了網後，頭部伸進舷內抵著甲板，大半部身子仍斜靠在船艉板，這傢伙體態胖碩，圓頭，周身無鱗。

「啊——」阿茂伯嫌惡地長嘆一聲，彎下腰，兩掌撐著牠的頭，似乎是想將牠翻下船艉板。

阿茂伯使力很快將牠推滑到艉板角落，果真兩手一抬，腰桿一挺，將這條大傢伙撲通一聲給翻落到黑暗水裡。

「啊！」我也啊了一聲，以為看錯。

倉促間落水，我只來得及看見，大傢伙的頭頂有道半月型彎痕，體色灰黑，身上似乎有些白色條狀刮痕。

許多年以後，當我從事海上鯨豚調查，才回想確認那年那晚，在阿茂伯船上**掃罟**抓到的是一頭**花紋海豚**。

記得，當時阿茂伯說是**和尚鰡**（漁人對**花紋海豚**的俗稱）。

「為什麼不帶回去？」我天真地問。

「欲關卡緊（想被抓去坐牢啊）。」那些年，鯨豚已被列為保育動物，若抓回來被查獲，少不了得吃官司。

「放**掃罟**常遇見這情形嗎？」我問阿茂伯。

「這遍算好運，已經網尾，只潛住一隻，時常嘛一、二十隻作夥潛網（這次幸運已經收到網尾，時常遇到一、二十隻一起掛網的情況）。」、「整個晚上忙這一、二十隻，飽拁醉嘍（單單處理這一、二十隻，整個晚上就浪費掉了）。」

流刺網擁有惡名被稱為**死亡之牆**，造成生態危害主要問題是**混獲**。漁網不長眼睛，**流刺網**捕抓到的不會只有目標魚種，有份統計資料說，網獲的每條目標魚平均會有三條非目標生物陪葬。特別引人矚目的是，這三位葬者，經常是列名為保育動物的鯨豚、海龜等等。

多年前，有位鯨豚專家曾以台灣沿海使用**流刺網漁船**的數量，加上鯨豚掛網率，推估出我們沿海每年纏死於流刺網上的鯨豚超過五千頭。

阿茂伯說，有一次可能是**海豬仔（海豚）**掛網過多，整座網具下沉。當他一覺醒來，海域裡來來去去搜尋，怎麼也找不到網具。「怎麼辦？」「只好放棄啊，還能怎麼辦。」**掃罟**材質為合成纖維，耐水、耐曬，泡在海水裡壽命長達十數年以上。被漁船放棄的**掃罟**，只要掛網的生物腐敗後，浮球終將讓它們再次懸浮於水表，再次漂流，並且再繼續攔截過往生命。

根據阿茂伯這些對**掃罟**的經驗陳述，加上收集到的關於流刺網的一些資料，我常想像，死神兩手提著一張網子行走於夜暗水裡，祂看著魚隻、鯨豚、海龜來撞網，祂看著牠們一再掙扎困住自己，祂看著牠們無助地在網子裡抽搐，祂看著牠們一一死去。

死神繼續提著這張**掃罟**，繼續行走於黑暗海上。

後來，阿茂伯將整座**旗魚罟**賣掉，不再使用**掃罟**抓魚。

問他原因，阿茂伯說：「換項換款，何必一項掠徹底（換個方式抓別種魚，何必堅持抓光其中一種）。」

雖然不算正面回答，但我確信阿茂伯是有所感觸才賣掉他的**掃罟**。

20

北風微

難以捉摸的海流

一股曬熟了的味道瀰漫在空氣裡，其他味道、其他顏色似乎熱得都蒸散掉了，整個穹蒼，整片陸地和海面，已經熱得不能再熱，熟得不能再熟，亮得不能再亮。

這世界在高溫裡過度醞釀，在日日圓睜睜的炎陽下過度飽熟。

稻苗曬出稻穗又曬黃了稻穀，柚子一顆顆曬得結實飽滿，一顆顆曬出溫溫清香。

這一季的天地萬物似乎已經撐過圓滿，撐到了盡頭。

只是沒有人會想到，竟然就曬出一道再也合不攏的罅隙。

忽然間，空氣裡四處瀰漫融化的味道，熟過頭熱過頭後將要失去溫暖的感覺，像一團油脂完全化開後便要開始擔心凝結可能隨後就到。是該收斂些了，熱情或可不再那麼坦率那麼狂暴，也許溫柔一些、沉著一些、冷靜一些。

教這個什麼都已經過度的世界喘口氣吧。

讓這世界有機會安靜下來休息片刻。

過去的日子多麼熱烈，多麼黏膩，多麼濃稠。一身濕熱一身淋漓汗水，一再推動漲潮，只顧一波漫過一波，疊過一波，完全忽略了海洋偶爾也需退潮休息。

濕熱的南風姍姍緩緩不留縫隙吹滿整個暑夏，忘了當初怎麼交接過來的，也忘了必要銜接必要交代給另個季節了。

於是，不可回頭地發現竟然就走到底了。

忽然發現，橫在前頭的是一谷深壑，上頭唯有一道狹窄煙薄的小橋相通，這是一道必得放下過去才能跨越的界線。

深谷裡忽然飄來了一陣清濃交纏的花香。像是熟透的甜香、野香、脂香，又幾分清淡，像是在稀薄的微風裡給稀釋過了。像是在刻意冷卻，濃密之後就要變為淡然，滿溢的潮水一轉身就要消退。

意念才停點回首，高空中忽忽就吹起了乾涼北風。

老漁人鷹一樣敏銳，貓一樣敏感，抬頭看了一眼日曬，抬頭看了一眼依舊帶著火氣的藍天。

「啊，北風微。」老漁人嘆了一聲，心裡明白。

是時候了。

雖然明白，但老漁人還是有終於等到、終於來到的欣慰和悵然。

這一季來一路順風滾滾的海潮，就要開始面對如箭簇逆流從正面掃下來壓下來的北風。

海面倏地驚起一臉白濤。

這一點風其實不算什麼，老漁人說的**北風微**不過是這新一季的先遣先發，不過是跡象徵兆。

也好，必要開始抓回一些淡忘的苦難記憶，當北風主鋒真正下來時，面對洶湧狂濤才不會如此不知所措。

時序已經走上攀高的階梯，才兩步升階，仿若音律調高，風底已不再堅持濕熱、熾熱，風向一變，氣溫稍降，老漁人嘆了一口氣，樹梢每片葉子都知道了，每隻候鳥都暫時停下動作抬頭看天，海面花圃裡的每朵浪花也都清楚明白。

風底的氣味由紅轉橘轉黃轉白、轉淡，焚過的燒過的，都長了擅飛的羽翼都將化作煙燼紛飛。

或還允許稍稍駐足猶豫，但此後的每一步都要站上新的高點。

北邊太冷，南邊太熱，過去的和未來的，回首或展望，都伸手可及，也都遙不可及。

這不冷不熱的秋風，這臨界點、交界線上吹起的**北風微**，正在昂首通告，改朝換代的新世紀已經來臨。

北風微颮起沒過多久，當乾涼的風來的時候，雲被吹白了，風被吹高了，氣溫吹走了幾度。幾天風換來幾日雨，不再是豪邁的豪陣雨，但淅淅滴滴天地又冷卻了幾度。

黑潮悠悠，墨然神祕

流浪的風吹起流浪的節氣，我的夢開始換季，夢裡常有泅泳和飛翔。

夏候鳥走了，冬候鳥前哨過境；有些魚靠近，也有些魚離開。乘著風，乘著海流，遷徙或漂泊，起跑的訊號四處撒在風底漂在水裡。

要動身的請把握時機，這流浪時節如短促的**北風微**，懷抱裡只需要一點孤獨就能燃起流浪的動能。

這樣的孤獨將是孤寂的前兆，一鬆手、一轉身，可能就剩下一片蕭瑟。

春、秋是兩座高聳的浪峰，兩側是一冷、一熱的波谷。春季是冷過、凍過、凋零蕭瑟後的起步，春天是燦爛是帶著青澀味的果子。秋後是曬過熱過完全熟透、完全打開的嫵媚，身體到處香成這樣，甜成這樣，秋的穀物含油飽實，秋的魚隻肥沃抱卵，到處熟成豐腴，無法守成的圓滿。

春天是才要融化的種子，秋季是開始潰爛的果實；春天守著黎明，秋天朝暮向晚；青春傷短，秋風漫漫呼號為下一季蒼涼鋪路。

秋天站在他短暫的高點，用力釋放風的種子。這一年來的歡喜或挫折，無論沉重的、清越的、鬱累的、喜樂的，一起都撒在風裡，化在水裡。

心已懸浮。

白雲牽拖成藍天遊絲，天空越高，月光一日日清明，海流始終湍湍，風浪不再和諧，海面經常白浪綿綿。

只要懸浮著心，懷抱一點孤獨，攀住風、攀著流，就能起飛，就能流浪，就能出發。

再大的困頓也攔不住，再沉重的鐐銬也制止不了。

這是個命底輕盈的季節，無論順風或逆流，張開翅膀，張開胸鰭吧。天色很快就要暗了，氣候很快就要冷了，這是一年到頭最後的輕盈時機。

至於要飛去哪裡，停在哪裡，全憑秋的旨意。

21

丁挽

躺在拍賣場的丁挽，仍然高高翹著牠的胸鰭

「啊，北風。」

港邊碼頭上整理漁具的老漁人，彷彿受到天啟，忽然停下手邊工作，凝聲輕嘆。他抬頭望天，蒼天高遠，薄雲輕飄，他心底明白，海水裡蓄勢許久的一股力量已經隨著北風來到。

是**丁挽**來了！

熱海結束，北風起，乘著秋涼，**丁挽**乘著白濤海流，一波波洄游來到台灣東部沿海。

時序入秋後只是早晚一絲涼意，天其實還熱著，特別現代人看天氣不是看天空不是看風向，而是看小螢幕上的氣象報告。但是沿海老漁人，一艘單薄孤舟海上討生活，氣象變化不是用來參考帶不帶傘出門，是否多穿一件少穿一件，而是直接影響航行安全和漁汛訊息。

老天不過試聲輕吟的第一道北風，竟然都逃不過老漁人敏銳的感知。

這些海上獵人的眼珠子，一次次海風海水洗練得如此深沉內斂，可能只有御風飛翔的海鷗對風向的改變如此敏感；他們的眼力，彷彿看得見天空裡透明的風有了顏色，有了軌跡，正在流動。

能力是生活經驗的累積，並且一代代傳承留下基礎。老漁人一輩子漁撈，他的船長教給他海上生活種種，告訴他必要注意的現象和必要尊崇的法則。當然，老漁人不會一輩子沿用師傅教誨一成不變。魚類資源改變，漁撈設備進化，一代代漁人都得在既有基礎上，疊上個人特色的獨到漁撈技能。

觀天聽水：觀察天象，感受水流；概略來說，天候影響航行安全，海流影響漁撈，**觀天聽水**是傳統沿海漁人的基本能力。

風停了，**起風了**，**北風**，**北風微**，**枯流東**，**南流南風**，**南流皮**，**風東**，**流東**……簡單幾個字、幾個詞，老漁人們聽見的可是節氣海流轉變，各種截然不同且繁複相牽的海域現象。這些簡單詞意所代表的可是並不簡單的大海心情。

譬如，**北風微**三個字，意謂著北方勢力南下，**丁挽**將洄游來到，而且，**丁挽**將是這一季東部沿海最具大洋代表的秋冬季魚種。

丁挽為**正旗魚科槍魚屬**中**立翅旗魚**的俗稱。

槍魚屬中只有**黑皮旗魚**和**立翅旗魚**兩種，其中**立翅旗魚**相對體色較淺，因而也被稱為**白皮旗魚**或**白肉旗魚**。

白肉旗魚游速快，獵性凶猛，嘴尖如釘，勁力如挽車，是這季節海域裡凶悍粗壯的大魚。**丁挽**，是漁人對**立翅旗魚**形體及其行為綜合觀感的通稱，或說尊稱。

所有旗魚中，唯一只有**丁挽**，無論生死，都不會將其若刀堅挺平舉的胸鰭，落敗、認輸、降旗似的倒下來。面對挑戰，**丁挽**的胸鰭始終堅硬挺立，即使爭戰到最後失去性命，牠還是直挺著胸鰭，像個不輕易認輸的執拗戰士。每條被捕獲的**丁挽**都好像在說：生命可以不要，尊嚴不能不顧。

也因而得名**立翅旗魚**。

一般旗魚體型修長，但**丁挽**並不特別修長，牠們身形精實、精壯、精幹，一副不服輸的倔強模樣。也因為這倔強的特徵，漁人直呼牠們為**翹翅仔**。

這麼多名稱中，**丁挽**、**翹翅仔**最能喻意這種魚脾氣暴躁、獵性凶猛、性格倨傲、性情激烈。

牠們是一群從北方下來不輕易降旗且永不投降的戰士。

旗魚最大特色是那根伸長的上嘴尖，別以為那只是牠們用餐時餐具般使用的叉子。堅硬如釘的嘴尖，是旗魚們的獵器。當**丁挽**發現獵物，立刻以閃電般的速度衝入魚群，同時，以牠尖硬且外表長滿粗糙顆粒的嘴尖，像根狼牙棒、攪拌棒，快速地在魚群裡橫豎甩頭、攪拌、劈打。

像電玩裡的孤獨英雄揮刀衝進群魔中，霍霍刀影，血肉紛飛；凡是被**丁挽**堅硬嘴尖打到的魚，若不骨折斃命，恐怕也要脫鱗吐血身受重創。凡被牠擊中的死者、傷者，再也無法跟上四處偏閃快速竄游的群體，如凋零的葉片，無奈地漂落出群體以

一出海，鏢船漁人都上了塔台尋找獵物

外。

丁挽，這位凶猛的獵者，很快地回過頭來收拾漁獲，一一吞食受創離群逸著血絲的死者以及漂在水裡掙顫的傷者。

堅硬如釘的嘴尖，當然也是**丁挽**禦敵的武器。

過去的木殼**鏢漁船**，每年上架歲修時，鏢船漁人經常發現，船尖舷板上扎刺著許多折斷的**丁挽**嘴尖。

鏢漁船追獵**丁挽**，當牠被鏢槍獵中時，身上受了一鏢，身子一疼，牠不會只是一般魚低調地竄逃亡命，牠經常暴烈地回過頭來，儘管鏢漁船體型往往比**丁挽**龐大數百倍，但牠毫不畏怯，報復似的轉身飛躍，以其全身勁道孤注一擲猛力攻擊鏢漁船。

丁挽根本就在宣示：以牙還牙，你鏢我一鏢，我用全部生命回你一鏢。也曾有鏢漁船漁人被牠回頭刺中，當場斃命。

捕過**丁挽**的漁人都知道，這種魚啊，脾氣十分凶悍、暴躁，無論使用何種漁法捕撈，最後，當**丁挽**終於被拉到船邊時，通常都已失去性命。牠的所有掙扎都埋藏於水面底下，似乎是不願意將最後一段頗為難堪的生死掙扎暴露於對手面前。

這樣自絕於海水中，彷彿是對海面獵者們嗆聲：「你們不過是抓到我的身體。」

若是問鏢漁船漁人：「**丁挽**都怎麼死的？」

十個有九個都會回答：「**丁挽**是氣死的。」

被鏢獵，或是被漁網、漁鉤纏住，可以想見，那狂狷的野性，牠們寧願在海水裡就自我了斷，不願意受到漁人、漁具的任何羈絆、壓迫或羞辱。

22

鏢旗魚

突出於船尖外的鏢台

海上風雲徵兆明顯節氣自然分明，中秋過後，北方冷高壓勢力逐漸勝過當值於暑夏的海洋濕熱氣團。冷空氣形成的冷高壓推擠成冷鋒，往外拉出東北而西南的長弓狀弧線，向外擴張，一波波推出東亞大陸邊緣。

真像是一道戰線，這時節，灰雲低空疾走，風聲激戾，涼冽的東北風像一把巨大的掃帚，一波波掃蕩而下，驅逐南風，悍擋大洋濕熱氣團，為台灣東部迎風面海域掃出洶湧風濤，徹底顛覆了這海域過去一夏的蔚藍與平靜。

節氣推湧時勢，東北風對著大海激動宣示逆轉戰果。

至此，海天之間，幾乎全面占領並取得絕對優勢，源自陸地的北方勢力幾乎已完全攻略東亞陸棚沿海。

但這塊海域畢竟屬於黑潮流域，再怎麼強龍也壓不過黑潮千萬年來不曾稍歇的埋首湍湍。不分北風、南風，不論春夏秋冬，黑潮似乎不受節氣拉拔漲退，自始至終逕自由南而北始終不息。

若是一場征討，北風似乎只贏了陸塊邊緣部分，儘管時勢站在它這一邊，沒想到，一旦遭遇濕暖體質的黑潮大洋，能計較的不過也只是分寸邊緣，以及大海表面而已。

東北風當然是不服氣的，於是風向、流向相衝，北風、南流逆抵，這時節，所有

殺氣騰騰的鏢船

不服的情緒全都發洩在黑潮海面上要賴。

這段時間東部沿海因而經常長浪洶湧，白濤蒼蒼，海況十分惡劣。

像是受命為北方前鋒代表，這時節**丁挽**浮游來到東部沿海。

早不來，晚不來，偏偏就選在一年當中海象最差的季節前來。

這時節恰好也是**丁挽**的交配季節。

交配期間的魚，討海人稱**魚仔痟花**。**痟花**這詞，原意指植物在花季時不顧一切地瘋狂綻放。動物交配季節其實和花朵盛開一樣瘋狂，莫不將一生蓄積儲值的所有養分和能量，在交配時期瘋狂地釋放展露。

這時節來到的**丁挽**，母魚含油抱

卵，公魚精壯倜儻，一條條身形飽實，風姿綽約。牠們似乎選擇了以台灣壯麗山脈為誓，以大洋之西美麗之島這段海岸為愛見證、為愛結合。

說起來浪漫，但若以漁產海鮮角度來說，這時期的**丁挽**，是上好的生魚片食材。其他海域不是沒有**白肉旗魚**，但是老天恩賜，這時節來到台灣東部沿海的**丁挽**，珍貴而且高貴。

大約二十年前，我在花蓮港鏢漁船上**鏢丁挽**。**丁挽漁季**已將近尾聲的那年年底，一波強大鋒面下壓，那天，自半夜到破曉，北風淒厲呼號沒有間歇，遒勁風勢將泊綁在碼頭邊的鏢漁船，一艘艘都推斜了身子，窄迫的港域裡還颾起四處奔走的碎浪。

天才矇矇亮起，**鏢船漁人**都已整備登船待命出航，但這樣的強陣風讓船長們有些猶豫，雖然準備好了，但一艘艘鏢船船纜都還結實繫著碼頭，一條條手臂都還攀著陸地觀望。

直到天色亮穩了，相鄰一艘南方澳籍鏢漁船，船上忽然傳來一聲呼喝，給自己加油打氣吧，這天鏢魚的起跑槍響由他們發出。

這艘船帶頭解纜，撐足了油門，一鼓作氣率先衝出港渠。

突出船前的鏢魚船鏢台

泊在港裡的鏢魚船

總是**出外船仔**（外港籍漁船因漁撈寄駐於花蓮漁港），外出就為了一心一意拚衝然後帶著榮耀返回故里，這種**出外船仔**比較勇於冒險犯難，比較耐不住等。

隨後，大約有三、四艘鏢漁船跟著他們解纜出航。

我們船隻噸位小，船長耐性地在港裡多等了約一個鐘頭，等北風鋒頭稍斂些，才決定解纜出航。

一步才航出港外，失去防波堤圈護，果然寒風凜冽，海面白濤掀揚坑坑谷谷一片蒼茫。

我們一出了港堤，船隻立刻被等候在外顛簸的浪爪子一把給抓住了。

那是莫可抵擋的力量，船隻一次又一次被抓著衝陷在深沉的浪谷裡，又一次次攀抓著浪牆搖晃著使勁挺上聳揚浪頭。

再怎麼孜孜攀爬，換來的通常是又一次更深的陷落。

船身撞浪、刺浪、斜浪、摔浪、撲浪、滑浪，像是被抓在浪坑浪谷間戲耍。

船長戒懼謹慎地把舵，但這已經不算是航行。

船隻在坑谷間匍匐掙扎，忽高忽下，扣扣撞撞。儘管如此，我們還是勉力地小小**打了一套**（鏢船巡魚時往南順風搜尋一段後，返頭逆風航回原點）。這短短一套，竟然就用掉了三個多鐘頭。

嘸踩工，大浪裡奮力浮沉了半天，半條魚也沒看見。

先我們出航的那三、四艘鏢船，走得最南邊那艘，隱約只是遠方海面浮浮沉沉豆子般一只黑點。

「起來去呀，這款風湧，吶看到**丁挽**，恐驚嘛嘸才調鏢（上岸去吧，這種風浪，即使發現**丁挽**，恐怕也沒有能力站鏢台鏢獵）。」海況實在惡劣，船長嘆一聲氣，轉過船艏，對準港嘴燈塔返航。

我們最慢出航，但領先返航。

檢查哨碼頭才繫好船，回頭看到港嘴口，那三、四艘不要命衝在前頭的鏢船也都陸續進港來了。船長判斷沒錯，這波鋒面太強，這種海況並不適合鏢魚作業。

他們陸續進港後，其他三、四艘跟我們一樣，都是空船直接進來漁船港渠泊船，沒想到的是，率先出航那艘**出外船仔**，竟然翩翩靠向拍賣場碼頭。

「啊，」我們船長轉頭看著他們讚嘆了一聲：「啊，確實真正本領。」

這麼短時間，這麼大風浪，他們果真遇到**丁挽**，並且鏢獲**丁挽**？

這樣的奇蹟不過去看說不過去，大夥相招，一起過去拍賣場看個究竟。

他們快手快腳，受獵的漁獲已經卸在拍賣場上。

果然是正宗**丁挽**，而且不只一條。

這艘**出外船仔**竟然鏢獲兩條體型相當，每條約兩百五十公斤級的一對美麗**丁挽**。

趕末班車似的，漁會快動作立即拍賣。

這兩條**丁挽**，以總價四十三萬元高價賣出。

得標漁販當場處理，鋸斷嘴尖，剁掉尾鰭鰭尖，剖腹拿掉內臟塞入碎冰，以竹簾包捲魚體，最快速度送上冷凍車帶走。聽說，趕航班，立刻就會搭飛機直飛日本。

這是我所見過作業時間最短且獲利最高的一次鏢魚漁撈。

也因為這樣的高價誘因，這時節儘管海況惡劣，傳統**鏢旗漁船**還是冒風犯浪，出海鏢獵滔天巨浪下來這裡談戀愛的**丁挽**們。

目前東岸沿海採捕**丁挽**的主要漁法，有**鏢刺**、**旗魚流刺網**和**定置網**三種，其中，**鏢刺**（**鏢旗魚**）為最古老也最具傳統漁業精神及漁撈陽剛之美。可惜因為漁獲效率確實不如其他先進漁法，加上魚源枯竭等因素，**鏢刺漁業**快速沒落。

目前還留在**鏢漁船**上的都已經是五、六十歲以上的老漁人，甚至還有高達七十好幾的**老鏢手站鏢台揭鏢**擔綱演出。

後繼無人，傳承勢必中斷。**丁挽**不願意再來這裡談戀愛，每年秋冬彷彿和**丁挽**相約戀愛的漁人也一代代衰老。

這累積數十年的**鏢旗魚**沿海**鏢刺漁業**，恐怕將於近幾年內完全消失。

鏢旗魚較講究的是漁人技術、經驗、體能和團隊默契，講究的是傳承與累進，算是比較少依賴先進漁業儀器的原始漁撈。

鏢漁船海上作業，發現**丁挽**蹤跡憑藉的是漁人銳利且多年經驗養成的眼力，並不依賴任何**漁探儀**（以聲波或雷達探測魚群的儀器）。整個獵魚過程有賴團隊默契才有機會追近目標、鏢獲獵物。獵魚剎那，依靠的是**鏢手**孔武精準的臂力並判斷恰當時機擲射鏢槍，並不藉助任何火藥力或機械力。鏢中後的拉拔，依賴的仍是漁人敏感且保持十分彈性的臂力，而不是靠油壓或電力捲揚器來收拾漁獲。

鏢丁挽作業唯一依賴的現代化工具，大概就是這艘船舶及其動力而已。

鏢刺作業常讓人想到，人類祖先從荒原來到沿海地區生活，他們披獸衣，持一頭削尖的長棍，候立於岩礁上，等待魚隻靠近，擲射長槍獵魚。如今的鏢魚作業，只是將獵魚場景從岸緣挪到海上，從礁塊挪到鏢台，鏢獵目標從岩礁底棲小魚到如今體型粗壯的大洋浮游魚類。

漁獵是人類與海洋關係的緣起，人類漁撈歷史遠超過農作歷史。現代漁撈幾乎每樣都能溯源找到原始漁撈原形，並且作業範圍自潮間帶而沿海而近海而遠洋，與人類海洋文化拓展模式一模一樣。

人類漁撈方式，經過一代代改良、演進，自原點擴展為今日漁業面貌。某樣漁撈若在我們這一代中斷、消失，當然不會只是產業面的損失，而是一脈漁撈長河人類涉海歷史的中斷。

23

鏢船上

鏢手持鏢站鏢台，表示這艘鏢船發現獵物

鏢魚作業一般至少需要三位漁人。站**鏢台**頂端負責鏢魚的**鏢手**；**鏢手**是鏢船上的靈魂人物。追魚、獵魚時，位置在**鏢手**後方負責指揮船隻速度及方向的**二手**。以及整個漁獵過程，負責掌舵操船的**舵手**。**鏢魚作業**至少由**鏢手**、**二手**、**舵手**這三位漁人搭檔，從發現魚蹤並開始追逐那一刻起，他們三人分別是這艘船的手臂、神經中樞和操控中心。他們三人彼此感官相連，手腳相依，他們得在這艘船同一根神經下緊密配合，同心協力，才可能勝過一條海水裡奔游的大洋魚類**丁挽**。

這天，上一波鋒面和下一波鋒面間的縫隙，微陽微露，北風沉著，船隻輕快航出港嘴。

掌舵的阿池船長輕嘆了一聲：「啊，**流水**，**風嘛水**（海流漂亮，海風恰當）。」真是鏢獵**丁挽**的好時機。

上一波強盛鋒面持續了好幾天，黑潮海流被北風大舉撥近岸緣，深色海流在我們船前迤邐生波。沿海海域，彷彿筆直畫下與海岸平行，色澤分明深藍、淺藍一道明顯分界線。

出港後，我們船隻緣著深淺顏色分明的**流界**（海流交界線）邊緣航行。

鏢魚台上的鏢手和二手

不同性質的水塊在這沿海海域交界，推來湧去間，有利於浮游生物聚集。而這些裸眼難以辨識的微渺浮游生物，一但群聚，再經由一連串食物鏈牽連起的大小獵者，小魚到大魚，這道**流界**附近，於是就有了吸引高級掠食性魚類出沒的基礎。

鏢船**葉梧仔頂**（塔台上），船長阿池居間操船，他頻頻回首船尾，除了操船，他還負責監看船隻前後水域。鏢手阿丁站靠左舷，他負責看顧左舷海域；我則負責監看右舷。

出了港後，除了風聲、引擎聲、撞浪聲，我們不再講話，稍有經驗的漁人都能感覺到，這天**風**好**水**好，這天是鏢**丁挽**的理想海況。

這時節海域風浪紛揚，船行顛簸，通

常船隻以三、四節航速在坑凹裡緩慢前行，船上漁人分責任方位搜尋海域**丁挽**魚蹤。**鏢船巡魚**，每艘鏢船海域裡沿著這道流界線一趟趟徘徊。

鏢魚作業的高潮得從看見**丁挽**、發現**丁挽**那一刻才算開始。之後，船隻才有機會開始追逐，鏢手才有機會站上戰鬥位置，漁鏢也才有機會瞄準跟射出。

發現獵物是鏢魚第一步，看見並讓船隻視線緊緊跟上是第二步，出鏢獵魚是第三步，最後，才是獵者獵物間透過鏢繩的拉拔。這一連串過程，無論**風水**再好，若看不見或看丟了魚，大海十分現實，要請**丁挽**上船，恐怕連機會都沾不到邊。

出港約半小時後，不如預期，半條魚影也沒看見。倒是發現我們南邊有艘**鏢船**的**鏢手**已經**揭鏢**（持鏢）站立在**鏢台**頂。

「蹽去！蹽去！（下去！下去！）」不用阿池船長催促，我和阿丁早已一起躍下塔台，衝上**鏢台**。

那艘**鏢船**應該是看見**丁挽**了，只是追丟了魚。這一刻，他們鏢手才會**揭鏢候魚**，等候這條他們發現的**丁挽**再次浮出。

鏢船的靈魂人物，鏢手

這情況顯示，這條**丁挽**可能還在附近海域。一般鏢魚的不成文規矩，看見**丁挽**，**鏢手**就位鏢台，並以**揭鏢**來表示：這條**丁挽**是**我們先看見的**。

儘管我們尚未**看見**這條魚，但衝上鏢台後，阿丁立即反手抽出**鏢台**邊的**鏢篙**挾在右腋下。阿丁跟著**揭鏢**，這行動為的是告知鄰船：我們將參與這條**丁挽**的鏢獵。

北邊還有另一艘鏢船，冒著黑煙快速朝我們衝來，應該也是看見我們**揭鏢**，趕緊衝過來，也許有機會分一杯羹。

但他們是慢了一步。

這條被兩艘鏢船等候，被兩艘鏢船期待的**丁挽**，沉不住氣似的，終於再次浮現。

這次，牠竟然就浮出在我們右舷側不到五十公尺海面。

我們**鏢手**阿丁先看見了，「**丁挽**、**丁挽**……」噴著口水，他迴過鏢尖直指**丁挽**浮出位置，如戀情高潮，阿丁短促而激昂地喊著魚的名字。

警戒中的船長阿池即刻推倒油門，船隻引擎躁急呼吼，像是突然被掐住脖子，煙囪大量冒吐烏煙，船身右傾側旋，朝這條再次浮出海面的**丁挽**衝了過去。

這條**丁挽**見我們衝來，飛快起步、飛快奔離，阿丁**揭鏢**指住**丁挽**游向，一邊大喊：「哇，干呐噴射機佇飛咧（這條**丁挽**游速快得像一架噴射機）。」

獵物急轉偏右，船隻快速跟上

一陣衝刺，船隻右肩才稍稍迫近，**丁挽**左身一斜，飛速竄向左前。

我左臂平舉，掌心朝前快閃快擺，阿池船長會意左短舵急轉跟上。

先看見這條魚那艘鏢船，不知何時虎虎已經搶在我們左舷邊，同樣冒著汩汩黑煙，與我們平行並進，企圖壓制我們，讓我們船隻無法再次大幅左舵操船。

我左眼眼角瞥見他們的**鏢手**已挺舉**鏢篙**，意欲搶先出鏢。

這條**丁挽**仍然飛速奔竄在我們船隻左前，也就是在他們船隻右前，約十數米外。這樣的距離恐怕還不適合出手，但阿丁不示弱，也將**鏢篙**舉上肩頭，宣示爭搶這條魚的強烈企圖。

結果如何，就看這條**丁挽**決定了。

牠如果繼續直行，兩艘船競比的是船速，還有就是誰搶住最佳角度、最佳出手時機搶先出手。

如果**丁挽**左偏，距離與射角均有利於鄰船；這條**丁挽**算是還給他們了。

若牠願意右偏，這條**丁挽**有七、八成機會會被我們搶到。

當然，除了無可掌握的天意和這條**丁挽**的游向，我們還得搶住、抓住，隨時可能瞬間閃現也將瞬間熄謝的唯一機會。

當然我們不會預先知道那是怎樣的機會。

鄰船相逼情況下，若機會冒出，阿丁不會有第二次出鏢機會，他必要一鏢中的。

兩艘船追一條魚，兩根鏢篙指住同一條飛竄的**丁挽**。

兩艘船噸位相當，船速相當，這條**丁挽**竟懂得保持游速及游向，不偏不倚就游在兩艘船、兩股殺氣的平衡中間。

這中間位置和距離，讓兩位鏢手若是匆匆出手恐怕不及，又兩船相倚相迫，一時間誰也無法追出個好角度、好距離出手。何況，萬一出手落空，等於就是將這條**丁挽**奉送給對方了。

兩方都是鏢魚老手，彼此都明白這些道理，冒然出手除非奇蹟，絕非上策。相爭的局勢，一時間竟然就這樣動態地給卡住了。

阿丁仍然舉鏢，但情急大喊：「菜頭（白蘿蔔）呢，我的菜頭呢！」一定會以為這相爭緊要關鍵，莫名其妙，阿丁會不會是頭殼壞掉，這緊要關頭還喊著他的菜頭幹麼。

但是站在他身後的我，完全明白他的意思。

我立刻彎身在腳邊，摸到那顆每個航次阿丁都準備在鏢台上，約莫拳頭大小的這顆白菜頭。

這可是真正的菜頭；做蘿蔔糕用的白菜頭。

這顆菜頭，阿丁當然不會是為了**好彩頭**而象徵式地置放在鏢台上。這不是一顆為了象徵好運的菜頭，而是一顆實用的菜頭。

當我彎下身摸著這顆菜頭，毫不遲疑，立刻朝船隻正前偏右，使力將手上這顆菜頭拋擲出去。

小時候練過棒球，這一拋不輸給王建民，準準準；當然不是擊中**丁挽**；想太多了……

這顆菜頭，恰恰好就落在奔游船前這條**丁挽**的右前方約一、兩米處。

菜頭質輕，海面輕跳了兩下，打了兩個水瓢，才悄悄沒入水面。

果然見效，這條**丁挽**游向果然稍稍右偏，朝菜頭落水處靠近了些。

而且，這架水中噴射機的游速，還因而頓點了一下。

菜頭這一拋，為的就是贏得牠這點偏向、這點停頓，儘管這一拋，想要贏得的只是這剎那瞬間。

這顆落在**丁挽**右前方的菜頭，讓牠誤以為是一條驚慌驚躍的小魚所打出的水花。這顆菜頭，就是利用**丁挽**這剎那間的好奇、剎那間的頓點，讓牠稍稍偏向對我們有利的右方，並緩了一下游速。這燃眉瞬間讓我們船隻有機會一下子逼近獵物到五公尺內。

原本繃緊的這條弦終於現出破綻，這時，我轉動車輪子般輪動我整條右臂，另一隻手，緊促地拉扯架在我身後鐵圈上的鏢繩繩端。

這道鏢繩，連接著掛在駕駛艙頂的一顆銅鏢，因為緊促拉扯，這顆鏢想必好像打哆嗦般一陣瘋狂顫擺，一連串響起**喀喀喀喀喀**……如機槍掃射，急躁地響在我的後方，聽起來一點也不浪漫並且是無比刺耳的鐘聲。

這串鐘聲加上我快速輪動的手勢，意思是催促阿池船長，讓船隻不顧一切撐出極限往前爆衝過去。

引擎倏地揚聲欲斷……

這絕對有傷引擎。

但整條**丁挽**就在船隻這最後的不要命衝刺下，給逼出來的眨眼縫隙中，從原來有距離的褐紅色閃爍魚影，一下子，乾鮮鮮地整條露出寶藍螢光，接近到鏢台前不到兩米處。

阿丁就在這硬湊成的時機點上出鏢。

出鏢後，**鏢篙尾**（標桿尾端）海面頓點了一下，像是踩到底了。

隨即，整根**鏢篙**又踩空了一樣深深沒入水裡。

我及時又拉了一把鐘繩，**噹**，這次銅鐘清脆一聲單響。

阿池船長聽見鐘響，立刻退開離合器。

阿丁兩腳間的**鏢繩口仔**（放鏢繩的小盒子，裡頭置放約十數噚**鏢繩**），裡頭的**鏢**

繩著魔似的飛快竄出。

阿丁必要在這段鏢繩跑完前及時退開帆布腳套，及時避開因為**丁挽**快速拖拉而僵硬銳利若刀若鋸的這道活生生鏢繩。

阿丁一邊跑下鏢台，小孩贏得獎品歡喜模樣，一邊跑一邊喃喃唸著：「著啊，著啊（鏢中了，鏢中了）……」

好像從出鏢直到此刻，他才敢確認，確實是鏢中這條**丁挽**，確實是後來居上，搶鏢得到這條**丁挽**。

相競爭的鄰船，也在這一刻確定失去這條**丁挽**。

放鬆油門，他們鏢手若鬥輸的公雞低著頭悄悄走下鏢台，他們船長似乎也認輸、認命地迴開船隻，離我們一段距離外，緩緩跟隨我們。

阿丁快步退出鏢台後，我單掌托高**鏢繩**也隨著離開鏢台。

托高**鏢繩**是為了避免著魔般奔落下海的**鏢繩**絆卡住船身任何縫隙或轉角。這道**鏢繩**連接著水底下中鏢這條**丁挽**，可以想見，脾氣原本就不怎麼好的**丁挽**，受這一鏢後，火上添油，一發不可收拾地燃放開來。所有燒開來的憤恨，都將連結在這道奔馳的**鏢繩**上。

這是一道點著了火的牛尾，是彗星的尾穗，是一列疾速奔馳的火車，是水下這頭亡命之徒衝撞出的活絡絡筋脈。

這道**鏢繩**是動的、是活的，根本無可掌握，我頂多只能托著，只能讓水下這條亡命的**丁挽**透過鏢繩抗議似火熱又疼痛地磨過我的掌心。

這是一條滾燙的河流，連接著這條**丁挽**溢著血水的傷口，這是一道連接著牠的憤怒和牠的疼痛的激烈河水。

我是鏢船上的獵者，心底少不了滿溢著將要獲得獵物的歡喜，而且，這歡喜激烈到讓我心跳加速呼吸急促兩腿微微顫抖。

我完全了解，這一刻沒有任何力量止得住拔得了堪得起這樣的衝突，任何阻擋，這道鏢繩恐怕嘣一聲就要立即斷裂。

鏢繩汩汩磨過我的掌心，視覺加上觸覺，我能充分感受到水下那端不要命的衝撞，以及牠受了這一鏢後的傷痛和憤恨。

如此狂暴地拉住鏢繩奔馳，我想，這時若將鏢繩繫結緯線，牠應該也有能力拉動地球旋轉。

無法阻止，船上鏢繩又長度有限，我們唯一能做的就是即刻帶開船速，使勁尾隨跟上**丁挽**的亡命奔馳。

牠可能回頭報復，也可能考慮或猶豫，一陣子後才能確認牠最後奔出的方向。這時，阿池船長即刻拍下離合器，撐緊油門，船身扭了兩下稍稍轉身，吐一口烏煙，緊緊跟上鏢繩出水方位，緊緊跟隨水下這條與我們牽扯上深層關係的**丁挽**。

24

出魚

突出於船尖外的鏢台

不少人好奇：為何**丁挽**在惡劣海況下才要浮出水面？

漁人說法相當多樣。有人說，**丁挽**上來水面**戲浪**，也有人說**丁挽**上來**掠食**浮躍於水面的魚群。書上資料說，**丁挽**一般活動深度為水下1M~915M，算是可深可淺，活動領域相當寬深的魚種。

多年觀察及海上漁撈經驗告訴我，有可能是**黑潮**切岸引起的湧升流將**丁挽**帶至水表，加上因東北風相逆於**黑潮**所形成的高身長浪，深切海面，使得一般時候浮於水表但埋藏於海面下的**丁挽**露出行蹤。

無論何種原因使然，當**丁挽**露出水面時，其身軸縱線最高點的尾鰭尖點，於是無所藏匿地，像把尖刀切出海面。

當然，也好幾次看到**丁挽**高懸於鼓聳的浪牆上，幾分像是在浪牆斜坡上以身體當浪板衝浪戲水。

儘管如此，這麼動盪不定的海面上，若陰霾天，一般人眼力根本看不進水色，而陽光露臉時，海面又亮點眨閃，芒光如刺反射。鏢船上的漁人，除非光度、深度、角度恰恰好，若要憑眼力發現水面下的**丁挽**魚蹤並不容易。

但是有經驗的漁人就是能夠，初初跟鏢船出海作業那段時間，當船上漁人高喊發現**丁挽**，而且，他們激動的指頭已經十分肯定地指住**丁挽**位置，我也努力且用力瞪著

鏢船衝刺，接近獵物

在一片動盪中睜大眼睛尋找

那個方位；若這條**丁挽**未將尾鰭切出水面，我是如何認真使力也看不到水面下的魚影。

鏢船上鏢魚追魚好些年後，才終於學會了看見水面下魚影的能力。

黑潮水色深濃，魚影頂多只是一片影子，難的是，這片影子也是深色。若天色明亮，**丁挽**水下的影子，有點像是矇矓的深色咖啡，而背景水色則是糊糊的整片藍綠。色調對比如此薄弱，好比草叢堆裡要去分辨一隻褐綠色草蜢。

即使**丁挽**尾鰭切露水面，高度頂多一尺，但這已經算是半邊尾鰭整個露出，除非是體型超大的**丁挽**，牠們這樣大方切出尾鰭的機會其實不多。大多數**丁挽**不若**飛魚**大方，牠們通常小氣而且謹慎，只願意切出鰭端，通常就兩、三公分短短一截鰭尖，如一片犀利的刀鋒閃爍著剖出海面。

欲干呐嘜（要又好像不要），漁人常這樣形容**丁挽**切出海面的尾鰭。

一點也不大方，特別在這風雲變色白浪紛飛的大片紛擾海況下，要從一片動盪中找到切出水面短短一截的**丁挽**尾鰭，這當然不會單純只是眼力好壞的問題。

眼力好只是鏢船漁人基本條件，要能發現**丁挽**、看見**丁挽**，漁人講究的是**目色**。若眼力不錯，但總是柴柴的（呆呆直直的），這種眼力恐怕一點都不適合鏢船上的工作。

眼力好之外，還要能靈活溜轉，要能從一大片動態背景中找到不一樣的小動態，必要能夠從一大片風吹草動中發現從中飛起的一片鳥羽，那是好眼力，加上敏銳活潑的好眼色。另外，還必要細微細心的耐性，一遍遍讀你千遍也不厭倦地往返掃描船隻航經的每一片海域；直到發現獵物。

發現**丁挽**後是第二段考驗。這時，漁人要發揮的是黏痴痴的眼力，漁人自己形容：「眼睛干吶掛強仔（眼珠子掛彈簧）。」切出水面時陪著飛，沒入水面時陪著潛，緊緊貼住、黏住，哪管天邊海角就是絕不鬆眼地緊使眼力將獵物給糾纏住。

鏢船漁人必要具備這樣的好**目色**。

當然，鏢船上若是多一個漁人，就多一雙找魚的眼睛，多兩條搏魚的手臂，因而，鏢魚旺季時，一艘鏢船一趟海往往高達六、七位漁人一起，算是整年各種漁季中船上最熱鬧的一段時間。

目前，每年**丁挽漁季**僅剩下少數幾艘鏢船還在作業，船上寥寥沒幾位漁人，但鏢船上總歲數絕不輸給當年六、七位漁人的總和。

鏢魚作業一般大約在黎明時分出航，一直到黃昏返航。

正常海況下，一天約十來個小時作業，而且大多數時間，鏢船只是海域裡徘徊著巡魚。十幾個小時下來，沒看見任何一條**丁挽**，也算是經常有的正常狀況。

出航後，漁人登上**葉梧仔頂**（塔台上），一個個瞪大眼珠子，運用眼力，一一翻閱白浪滔滔仿如棉絮覆蓋的海面，再放大鏡般從中搜尋**丁挽**蹤跡。

北風呼號，海面坑凹起落，船頭頻頻撞浪，水花浪霧隨風紛揚，一陣陣撲上甲板。一整天下來，受冷風蹂躪且深受浪花鹽漬折磨的雙眼，眼球充滿血絲，個個兩眼通紅。當作業結束上岸後，他們有時會自嘲或相互取笑：「一隻一隻干呐紅目兔仔（一個個就像紅眼睛的兔子）。」

一旦發現魚蹤，若起跑槍響。

發現**丁挽**那位漁人，仿如累積多少鬱卒終於覓得縫隙宣洩，塔台上，他首先奮力跺腳。

然後，就怕手臂不夠長似的抬臂直指海面魚蹤；又像是害怕錯過這火花閃現的剎那，他使勁讓兩眼瞪得大大顆，眨都不眨一下，嘴裡連續不斷昂聲呼喊：「**丁挽**、**丁挽**、**丁挽丁挽丁挽丁**……」

喊到後來，幾乎已分不清他語詞中分隔的頓點跟尾音，聽起來像一連串口吃顫音：「**丁丁丁丁丁丁**……」

也幾分像是機槍連發掃射：「**噠噠噠噠噠**……」

像火燙到舌頭。

這是鏢船漁人發現**丁挽**的激烈情緒，旁人不一定得聽懂他在喊嚷些什麼，但鏢船上，這樣一串潑出去、灑出去的激烈吶喊，立刻就感染了船上所有漁人，立刻就繃緊了一整艘船的獵魚情緒。

一陣吶喊，整艘鏢船，已經抽緊神經，上緊發條，繃緊鬥志。

被鏢中的這條**丁挽**並未暴躁地躍出水面，牠在水下**走繩**（拖著**鏢繩**衝撞）。

無能阻止，阿池船長只好操船尾隨，幾次添加油門讓煙囪口噴出黑煙，使勁跟上。

前甲板兩簍**鏢繩**，總長度約三百多噚（將近五百米），若放任讓這條**丁挽**拖著跑，再長的**鏢繩**，恐怕都不夠這位亡命之徒奔命。

阿池船長除了操船緊隨，也喊著阿丁說：「去，稍侉嘎銜著，𡢃厚伊走上遠（去，稍微擋一下鏢繩，別讓牠跑太遠）。」

阿丁戴上手套，接過我托在掌上的鏢繩，並一下下握掌，像在剎車，讓鏢繩一段段磨過他的掌力。

這樣的阻力，透過鏢繩，其實是直接拉扯水下這條**丁挽**的傷口。透過這道鏢繩，鏢手再次觸及這條**丁挽**。

丁挽脾氣原本暴躁，受這一鏢已經處於狂怒狀態，阿丁再透過鏢繩，讓牠連最起碼的盡興奔逃都有了阻礙。

修養再怎麼了得的神仙，恐怕也禁不起這樣的折磨，何況一條受創暴躁的**丁挽**。一口氣值得多長的鏢繩，跑了一陣，氣了一陣，血也流了一陣，水下這條**丁挽**游速逐漸趨緩。

當船速追上獵物游速，偶爾，阿丁也會快速地收個兩把鏢繩回來。

阿丁時不時就拉扯一下鏢繩，提醒水下獵物傷口的疼痛，有意地刺激一下牠火山般的怒氣。

丁挽這種倨傲固執又粗壯粗魯的魚，氣死牠可能比讓牠耗盡體能更容易些。

阿丁就是透過鏢繩氣牠，透過這道鏢繩讓水下這條**丁挽**氣急敗壞，怒不可遏。越是發怒，這條**丁挽**的氣就越短。

幾番作弄後，果然，阿丁收繩的頻率越來越高。

阿池船長也緩了些船速，他知道，這樣的折磨，這條**丁挽**再生氣也不會太久了。

「降落去呀！降落去呀！（降下去了）」阿丁高喊並舉出手勢。

這條**丁挽**氣數已盡，從水平游進，轉而垂直深潛。這情況顯示，這條**丁挽**的奔走已經到了最後一段。

阿池船長了然這一切，鬆了一口氣，他配合著退開離合器。

這時，與我們相爭又錯失出鏢機會的那艘鏢船，像位敏銳的獵者，似乎完全掌握這條握在我們手上的**丁挽**。

知道牠的奔走，知道牠的氣憤，知道牠的下降。

從我們鏢中這條**丁挽**起，那艘船儘管退開戰場，但始終與我們保持一段距離觀望，緊緊跟著我們，好像念念不忘與這條**丁挽**曾經的交會。當我們追著水下**丁挽**奔走，他們則是在海面上跟著我們奔走。

丁挽下沉，這最後一段，他們完全知道，就像敏感嗅覺獵物的獵者，直接駛近我們船邊，就泊在我們右舷側，觀眾般，看著阿丁一掌一掌拔繩出魚。

這時，中鏢的**丁挽**只剩最後一口氣了。

別以為從此十拿九穩，通常，越靠近獲得的終點以前，越容易出現意外。**丁挽**臨終前，結束橫向衝撞，吞一口氣，拉住持續折磨牠的鏢繩，潛下深海。這時，若是如這條**丁挽**的意，讓牠潛下一定深度後，水壓加上水流關係，即使失去性命，將沒有任何力量能夠將牠拔回水面。

也曾經有過這樣的事，一條**丁挽**好不容易經過鏢獵、追逐、拉拔、下降……最後順利地已經看見死去的這條**丁挽**將要被拔出水面。誰曉得，竟然這最後一刻，眼睜睜看著這條**丁挽**脫鉤下沉。輕盈地就像從船邊飛走一團棉絮，又沉重地像醒不過來無盡墜落的夢境。

那艘泊在我們船邊像觀眾的鏢船，將會一直等到這條**丁挽**被我們拉上甲板後才會離開。

並不是愛看魚，而是因為這條**丁挽**是他們先看見先發現先揭鏢示過意的魚。按鏢魚規矩，他們有權利分得這條**丁挽**的一半。

他們所以一路跟隨耐心等待，是要確認這條他們的丁挽被我們拉上甲板，也要進一步確認這條在別人船上但一半屬於他們的**丁挽**到底多大多重。

這最後一段，責任重大，兩艘船眼睛晶熾熾瞪著看阿丁手上這截垂落水面的鏢繩。

不曉得為什麼，阿池船長忽然下令要阿丁將鏢繩交給我。是託付，也是考驗吧。

我接手謹慎，一把把秤子般評估該拔或該放。

我必要以手中的每一吋來換取這條**丁挽**僅剩的每一滴生命。

我手裡這最後一段的**丁挽**，所有生命現象，只剩下鏢繩上一陣陣微風枯葉般瑟瑟抖顫的手感。

我知道，牠將要斷氣。

十分沉重的我扣緊拳頭挽住牠，不能讓牠如最後的意志沉落到牠最終的深海墳場。

我也曉得，關鍵時分了。當斷氣後，牠原本緊抓住鏢尖的身體，可能筋肉一鬆；這時，挽住牠的力量若是還僵硬撐住，嵌在牠身體內的漁鏢有可能在這最後一刻脫落。

我拉拔的臂膀必要保持彈性，我拉拔的心必要細膩溫柔。

我的手必要感知牠寧願深沉死去也不願被拔出水面的沉重。

我的手臂和指掌，還必要感受一呼一吸，那沉著的海流拉力和浮力。我只能在海流呼吸間隙趁機將死去的**丁挽**偷偷拔上來一段。

有時，海流若是要求，我也會極為小氣地放一段回去。

丁挽還活著時，鏢繩拉拔應對的是這條**丁挽**的性命。當牠死去以後，牠的身體已然交給海流處理，這時，鏢繩拉拔對象將擴大為整片大海。

我的膝蓋盡量蹲低，有時就跪在舷邊，我的心，其實一直都在祈求。

再讓我一吋，再給我一把。

我將身子放到最低，心裡乞求，讓我再次看見這條尊貴的對手。

再讓我一吋，再給我一把。

我貪婪地想得到這條**丁挽**。並且再次見證這條不願意活著被拉到船邊，不輕易降旗，而且不願意活著被逮、活著受困的**立翅旗魚**。

農曆開春前這段期間，天寒，海冷，
年尾這最末一截，漁人稱這最後時段為冷底。

這時，藐無遮掩的曠闊海上，終日巨浪滔滔。
這最後一段，其實不過短短才個把月，照理說，
操勞一整年了，恰好利用這段時間來整備漁具，
並且，秋收冬藏休息生養，等著過農曆年，
等著開春，等著風停，
等著新一年的馳騁和拚搏。

25

冷底

白帶魚的長牙

寒風九降，風裡來去，海域裡追魚、獵魚，氣候一日日寒冷，但鏢魚季節確實熱鬧了整整一季。

丁挽漁季結束在一年終了的新曆年除夕這一天。

並不是**丁挽**不願意在我們海域裡跨年。主要是**丁挽**的高價，來自日本市場的新年行情。一過了新曆年底，日本過新年，漁市場休市，**丁挽**再也沒有過年前的高昂行情。

於是我們的鏢船**鏢丁挽**，也配合著每年就從中秋過後，鏢到十二月三十一日止。也恰好年底過後，**丁挽**開始離開東部沿海。新的一年開始，**鏢船**紛紛收起**鏢篙**，將鏢魚、獵魚的心，泊港繫纜。

海上忽然魚去船空，好比息火的戰場；天色寒冷，空氣孤寂。昔日的熱鬧偕同氣溫，雙雙滑落谷底。

農曆年就剩下年尾這最末一季就要走到底了。

農曆開春前這段期間，天寒，海冷，年尾這最末一截，漁人稱這最後時段為**冷底**。

這時，藐無遮掩的曠闊海上，終日巨浪滔滔。

這最後一段，其實不過短短才個把月，照理說，操勞一整年了，恰好利用這段時間來整備漁具，並且，秋收冬藏休息生養，等著過農曆年，等著開春，等著風停，等著新一年的馳騁和拚搏。

勞碌慣了吧，要漁人閒下來等待，就好像是縛綁了他們的手腳不能動彈，將如何過日子。

即使天候變化，海況惡劣，一時無法出海作業，他們也會船上修東摸西地趁機理一理裝備，然後，漁港裡走走探聽探聽漁汛。

也好像唯有將漁網漁鉤放落海底，甲板上等著收穫這一刻，才算是漁人真正閒下來並願意耐心等待的時候。

海上作業難免操勞，但閒閒等在岸上更是讓人操心。

岸上日子，時間可能閒著，但是得面對的大事小事，可是又多又雜。一輩子討海的老漁人，問問都一樣，寧願海上辛苦操勞，或者漂漂晃晃，都說時間流水般流過舷邊容易，面對風浪、面對魚，無論如何都要比面對人世人情單純愉快。

只要冷風願意留個縫隙讓他們出海，只要有魚可抓，岸上閒閒的日子他們並不欣羨。

冷底海，北方魚群穿上油脂外衣，隨北風南來避寒。

這時節，原本在台灣頭或更高緯度的**青輝**（**鯖魚**）、硬尾、鐵甲、目孔等等魚群，紛紛避寒南來。

東部沿海平常時候就有這些魚群零星徘徊，只是熱海裡的魚，肉質一般清瘦青澀。難得年尾**冷底**，這時，這些一般以為的**粗俗魚仔**（量多便宜的魚產），忽然因為過冬而肌理含油，身價自然不同。

冷底來的魚還有**白帶魚**和**紅目鰱**。

這兩種魚是東部沿海**冷底**期間的代表魚種。

沒魚做沒魚的打算，既然有魚來到，漁人一旦知道了就不可能閒著。他們比氣象專家對這時的天候還要敏感，他們得精準把握鋒面和鋒面間的縫隙。縫隙儘管短促，儘管這時候的採捕他們得冒著下一波鋒面突然提前來到的風險，但是長年海上生活使他們明白，最好的機會通常在縫隙之間。

過去氣象資訊還不是這麼發達的年代，漁人們得更敏感更精準地掌握時機，趕時間出海，將準備好等著的**細棍仔**（細延繩釣）適時灑落海水裡，並適時收拉漁獲，趁縫隙空檔撈一把**白帶魚**和**紅目鰱**。

漁人們說：一銀一紅這兩種魚，是來**壓年**的（壓歲）。

壓年的魚有兩層意思：**白帶魚**、**紅目鰱**漁季，將持續到除夕年底，是來壓歲過年

長相凶猛，但白帶魚並不是優秀的掠食者

的魚。另外，這兩種魚漁獲量大，年底**冷底**這最後一季，認真點、勤勞點，可能這年的**壓歲錢**（泛指過年過節的額外開銷）就不愁了。

白帶魚，肉質鮮細，魚刺排列單純，是台灣最常食用的海產之一，不怕抓多了沒銷路。**紅目鰱**一身豔紅，過年過節的，這魚的顏色帶來吉祥喜氣，又肉質白嫩清甜，廣受海產消費者的歡迎。

紅目鰱圓眼清瞳，長相細秀，但同期來的同樣長著大眼珠的**白帶魚**，則長相粗獷。尤其當牠們張嘴時，**白帶魚**露出其長著倒鉤的釘長獠牙，看得出來，牠們應該是凶猛的獵者。

牠們確是凶猛的獵者，然而事實上**白帶魚**並不算是優秀的掠食者。

既凶猛但不優秀，這魚似乎攬了一些矛盾在牠身上。

游速通常是優秀獵者的必要條件，水阻關係，游速飛快的獵者，牠們身形大致屬於流線優美的**紡錘型**；或說**炸彈型**。很不幸的，仿如海神開了個玩笑，**白帶魚**是掠食者，但老天給牠們的竟然是**帶狀**身形。

這裡並不是在談長相美或醜的問題，而是這種**帶狀**身形，對獵者而言是致命的殘缺。這樣條狀、帶狀身形，注定游不快；或者換個角度說，**白帶魚**的獵物大多數都游得比牠們快捷許多。

白晝明亮，萬物警覺，白天時，**白帶魚**這樣的先天缺陷，就別想追到獵物吃到獵物了。

真是命運作弄，當掠食者追不到獵物，就好比空有槍砲但沒有彈藥，空有那釘子般長且長著倒鉤獠牙的凶猛模樣，缺少游速配合，這些凶猛獵者的猙獰面貌，恐怕都只是裝模作樣嚇嚇自己而已。

白天的**白帶魚**們，注定沒有任何掠食機會，牠們只好擁擠著，一起沉在一、兩百公尺深的海床休息、等待。

唯有等到天黑以後，唯有等到那遮蔽警覺、遮蔽視覺的黑暗可能為牠們帶來掠食機會。

好不容易，終於等到天色熄燈，終於漸層漸次，天地大海一一都暗了下來。

這時，白帶魚們，蝙蝠出竅般，傾巢自海床而出。

一條條銀白的魚影，漂漂冉冉，自黑暗海床往黑色水面漂移。

多麼像鬼片中的場景，入夜後的墓地，成群阿飄白影幽幽，自每座墳頭漂蕩出來。

紛紛遙遙，**白帶魚**們浮到水表。

牠們分別豎著身子隨浪漂晃，全身銀白雪亮將夜裡融進水裡的微光給反射掉，牠們體色仿若鏡面，牠們讓身體融於水波有如隱形，今晚，牠們將保持這樣的姿勢隨波隨浪漂漂晃晃，漂一整個晚上，耐心等候粗心的獵物，因為一時失去警覺沒看見牠們而近身經過。

白帶魚的眼睛又圓又大超級廣角，足以在獵物還看不清狀況的時候，清楚看見獵物的盲目和莽撞。

牠們得把握這難得的獵食機會。

稍稍轉個身，讓嘴喙像掛了彈簧鞭子般鞭了過去，這樣的爆發力只適用於鞭長可及的範圍；關鍵時刻牠們張開了口，用那長著倒鉤釘子般長的獠牙，一口緊緊咬住獵物。

再用牠們那骨感十足的上、下顎，用全身力道，夾住獵物、釘死獵物。即使體型比牠們大的獵物，也不輕易放過。因為這樣的被動獵食，下一餐在哪裡完全沒有把握。

白帶魚那長著倒鉤釘子般長的獠牙，鋼剪子般銳利，一般重達五公斤的魚還掙不斷的特多龍釣絲，**白帶魚**輕易就能咬住，並且喀嚓一聲，剪斷釣絲。牠們的鋼剪鋼牙，為的就是不得有誤的奮力一擊。

所以，當漁人用**延繩釣**釣**白帶魚**，漁鉤上方還得綁一截鋼絲防咬。

過去當漁夫時，並不清楚曉得**白帶魚**如此特殊的攝食行為，回頭看那時寫下的關於**白帶魚**的文章，多次提及，深夜海上，常聽見**白帶魚**們的孤苦呻吟。

時間久，記憶有點矇矓了，或許並不是真實的聲音，但記得只要是白帶魚傾巢而出，密集索餌的夜晚，我確實是聽見了牠們饑渴和無奈的呻吟。

白帶魚和**紅目鰱**，兩種都是**冷底**的主要漁獲。

抓**白帶魚**時，常抓到**紅目鰱**；抓**紅目鰱**時也常抓到**白帶魚**。儘管長相差異，但牠們確實是壓歲來的同期兄弟魚。

延繩釣收棍時，通常使用兩個漁桶子分別裝兩種魚。大多數漁撈，大魚、小魚、目標魚、雜魚，四海一家，通常一個桶子裝**水冰**（碎冰加海水），所有漁獲一視同仁統統一起裝在同個漁桶子裡。

海水裡頭或許是兄弟般結群而來，但上了甲板後的**白帶魚**和**紅目鰱**，似乎相剋，也不是咬來咬去的問題，不曉得為什麼，**白帶魚**會讓**紅目鰱**迅速褪色。**紅目鰱**的賣相，除了肉質，靠的全是一身豔紅。若是將**紅目鰱**、**白帶魚**泡在同個**水冰**桶子裡，**紅目鰱**原本的鮮紅，很快地將如花瓣凋零，褪化成軟糜糜的粉紅色調。

真的是枯萎褪色了。

如今，年尾**冷底**，**白帶魚**和**紅目鰱**前來的群量已無法提供**延繩釣**規模等級的漁撈作業。

紅目鰱因為價錢高俏，還有少數幾艘船勉強撐著。

但**冷底**來的這兩種魚，再也無法喜洋洋地讓**漁人**加減抓一些來壓年、過年。

這股看不見的力量浩然悠遠，埋在水裡，
融在波底，並不彰顯也不花俏，
埋首孜孜默默從不間歇。
海水裡的每一條魚都認得他，
海面上每艘船以及每位在這海域捕魚的
漁人也都認得他。

面對著他，受他影響，受他恩惠的生命，
不難感受到這股平實穩重且持續不輟的力量。

26

看不見的力量

臨近台灣最大的天然力，黑潮

有一隻手，默推著這一群群魚靠近台灣沿海，然後又遠遠離去。

有一股看不見的力量，帶著意志，依持著東部沿海花季般一波波榮耀以及生生不息的循環。

同樣這隻手，以大洋之勢默默調合了沿海體質。

這方領域，他辛勤耕耘、灌溉和滋養，除了從遠方帶來眾多游客，他也用心經營這片園地，為了吸引來自各方的訪客。

這股看不見的力量浩然悠遠，埋在水裡，融在波底，並不彰顯也不花俏，埋首孜孜默默從不間歇。

海水裡的每一條魚都認得他，海面上每艘船以及每位在這海域捕魚的漁人也都認得他。面對著他，受他影響，受他恩惠的生命，不難感受到這股平實穩重且持續不輟的力量。

他偶爾只是以浪的峰谷乘載嘆息似的浪流聲，寬、深和不息是他豐厚的實力，他並不需要大聲喧嘩，始終柔軟和靜默。

他可是地球水域裡的主要環流，是地表重要的循環系統，時時攜帶著關於天候、生態的重要訊息來到我們海島邊緣。

表面看來文弱，但他意志無比堅實，當悄悄展放時，常與大海其他脈絡交互作用，一夕間，往往就能讓我們海域轉現出驚天動地的氣魄。

這是媽祖婆依時節彈指間的收收放放，是海神用心規劃的一場場盛會。若以科學說法，這是一場大規模的能量移轉，再經過繁複的傳遞積累與轉化所呈現的海洋現象。若以漁人觀點，這是季節來到，花所以開了，一群群游魚所以默默地、守信地來到沿海。

假使，這只是單一事件也就不值得一提。

但這些層層疊疊，仿若打開了百寶箱，一樣接著一樣，不停地一串串接續出籠，而且，仿如相約、相會，每年相同時間相同節氣就要群集來到。

這是大海的信約，是海神的旨意，是無法看見源起也無法預知終了的這股力量在悄悄使勁。

這一循環系統並不單一，緣起紛紜，交纏錯雜，又各自獨立。

也許，我們活得不夠久，看得不夠遠，這股看不見的力量隱約只留下些蛛絲馬跡供我們揣想。就好像凝望星空，如何也無法透徹穹蒼的深邃。

人類再如何善潛，也潛不過水壓對人體的生理限制；渺小的我們，也僅能看見這股大循環裡仿若表面漣漪般的小波折。

他是沉睡的一道長河，肩寬百里，涉深千米，他一路攜著大洋如夢的情緒默默洶湧。

這股力量一直都在，不曾一刻離開，不曾一刻停止。

倘若以他始終如一的視野來看，我們這些島嶼反而是漂流的。

他看著地殼變動，板塊推擠，以及一場又一場的火山噴發。

他看著島嶼生成，也將看著島嶼沉沒。海島上的我們，在他眼裡不過是一陣飛灰。

但人們十分勇敢，越界下去他的懷裡攔截；造了船筏，造了漁具，挺直了漁鏢和志氣，將慾望，將血脈，將柔弱的筋骨之軀，順著這股看不見的力量一季季下海來索討。

黑潮漁人用他們一輩子的生命摸索這股力量的形樣和情緒，並一代教給一代，關於怎麼看他，怎麼聽他，又怎麼攔截他懷裡徘徊的魚族。

他視野悠遠，從遠天盡頭彷彿屬意這座海島，老遠老遠地就望著這段沿海洶湧而來。

他其實願意將來到他懷裡採捕的漁人，視同他的子民，只要這些攔截合時合宜，只要這些漁撈有所節制、有所尊重。他完全理解獵者獵物間的合理需求；儘管人們是越界來自陸地。

山海恆久對望的清水斷崖

一橫一豎，一動一靜，黑潮與清水斷崖

這股看不見的力量，老遠地，就屬意這座島，就指著我們這座海島接近。

這股力量是北半球流速最快的海流，**太平洋北赤道海流**是他的正式名稱。

這股海流源自東太平洋，沿著赤道和北回歸線間橫越大洋，曬飽了熱帶炎陽，充電般吸飽了陽光熱能。

一路湍湍來到太平洋西邊盡頭，遇見呂宋火山群島，轉為北北西流向；遠遠看見台灣，並指定這座海島洶湧北上。流經台灣東部近海後，再順著海盆邊緣轉而東北向，最後，沿著琉球群島，北行至日本東南邊海域。

這海流幾乎流經東亞整個陸棚邊緣，且從島縫間流進陸棚，形成東亞沿海許多著名漁場。他流經東亞陸棚邊緣這一段，因水色黝黑，日本人給了他**黑潮**這名字。

以**黑**為名，如他的高貴和深沉，既是他的名也是他的心。

遠道而來，他一身清逸，但滿懷熱情。

清澈、高溫、高鹽、流速快、流量穩定是他的基本體質，他懷裡的懸浮物不多；或可說他清貧、乾淨，他輕易便吞下了陽光灑在空氣的五彩，僅留下黝黑光澤在他臉龐。

他攜著大洋的勢、大洋的禮，千里迢迢來到台灣海島山崖底下。

島嶼群山列隊，默默相迎。

一動一靜，似乎也只能凝視、仰望，但海島與海洋相互之間，藉由雲朵水氣，藉由溪流河川，山海密切交流。

交給一些，帶走一些，動靜間交換些遠方和在地訊息；從不間斷的靠近和離開，一場場熱鬧的送往迎來。

島與海，山海之間，千古永恆的默契和情意。

黑潮貧瘠，有機鹽含量不多，或說生態生養力不足。

但禮輕情意重，他可是西太平洋沿岸一道海洋高速公路。多少海洋浮游生物，一顆種子，一粒卵子，一群人，各自攀著黑潮千里漂泊與遷徙，暫停下來以島嶼為休息站，或者，就留下來生根著床以這座島嶼為家。

島嶼攔截海流，攔截浮游其中的過往生命。海流帶走島嶼想漂的鰭翅，滿足島嶼大小生命漂泊流浪的想望。

午後盤著山頭的積雲，沿海著床的一隻珊瑚蟲，礁區裡新來的一條魚，南島語族原住民，冬季濕冷夏季濕熱的海島型氣候……是黑潮帶他們來到，帶他們靠岸或上岸。

這些訪客將轉化島嶼體質，或內化成這座島嶼多種多樣的一部分。

這股看不見的力量，生養這座海島，從海上到陸地，所有一草一木，所有蟲魚鳥獸都受他滋潤，都認識他，都尊敬他。

好像只有我們不認識他，並忽略了他。

大量吃牠後恐怕開車會翻車，因而改名為曼波魚

年初到武陵農場，一位研究**櫻花鉤吻鮭**的專家指著**七家灣溪**說：這條溪，不曉得成就多少位魚類博士，成就多少位魚類專家。我立刻就想到黑潮，他的規模，他的流速與流量，他蘊含的生態，陸地上應該沒有任何一道長江大河堪與比擬。

只是，黑潮食物鏈裡頭比較特殊的魚，也許，我們還未清楚認識或研究以前，這些魚就已經成為漁撈對象，成為著名海鮮，被我們腸胃給消耗殆盡。

俗稱**曼波魚**的**翻車魨**，牠們隨海流來到沿海，又隨著近岸湧升流浮出海面，十分特別的，牠們會慵懶躺倒海面，海波為床，彷彿貴族似的曬太陽做日光浴。因此行為，牠們以翻車為名，或稱Sun Fish（太陽魚）的英文俗名。

牠們身形彷如刀切一半，留著上半身，漁人因而稱牠**魚截**。形體特殊，行為特別，這位黑潮貴族在生態上屬於活化石等級的珍貴稀奇魚種。

但我們配合觀光行銷，數度舉辦以吃食為主要內涵的**翻車魚季活動**，鼓勵觀光客大量吃食**翻車魚**。

也因為炒作成功，如今幾乎就是在地觀光海產代表，成為觀光客到此一遊必食的海鮮。因而供不應求，賣價高攀，刺激漁人大量捕撈。設定置網陷阱，布流刺網掃蕩，用鏢槍鏢獵躺在水面曬太陽或成雙成對躺在海面恩愛的翻車魚。

幾年大量捕撈，魚體明顯變小，漁獲量遽降，再繼續抓、繼續吃，也許我們將少了好幾位魚類博士，將少了好幾篇有可能是國際級且讓台灣在魚類研究上一舉成名的翻車魚研究論文。

這些機會，我們竟然用腸胃就要給消化掉了。

同樣的，由於船上油壓機械精進，過去碰都沒機會碰，那近千公斤體重且棲息於近千公尺深的深海大型鯊魚，有好幾年時間，我們漁人在深水海域施放深海延繩釣餌鉤，抓上來不少可能地球上沒幾顆眼睛見過的**深海睡鯊**。

同樣的，連基本紀錄都沒留下就一一被腸胃給消化掉了。

漁人若知道這些深海魚珍貴的生態研究價值，恐怕就不會以公斤論價賤賣這種難得一見的**深海睡鯊**。

深水海域，食物來源少，生活辛苦成長不易，長成千公斤大小若是岸上植物可能已是神木等級。如今，僵直躺在漁市場地上，等候拍賣和屠殺。

果然抓過一遍後，這種**深海睡鯊**忽然消失得無影無蹤，絕跡似的不再有任何漁獲。

最近在漁港遇到一起捕過魚的阿博船長，他的船正要出港作業，碼頭邊只能簡單聊個兩句。

「最近掠什？」漁人式招呼，我問阿博船長。

阿博船長倚著船欄匆匆回答：「放棍掠**白魚龍**。」

白魚龍？一時會不過意來，以為是大白帶魚的新名稱。

阿博船長把握船隻離開碼頭最後一刻，一連串丟了幾句話上岸來，他說：「潭仔底啊，就等流停ㄟ短短時陣，緊放緊收……價小不錯，北部餐廳來收，一斤百八咧（就在七星潭海灣裡啊，船隻在海上等候海流完全停止剎那，快動作下餌鉤，並快動作收魚……賣價不錯，都是北部大城市高級餐廳的需求，一公斤一百八十咧）。」

後面這幾句點醒，讓我回到沿海，回到過去漁船甲板上。

那年，我和阿博船長兩人於**冷底**時節放棍抓**紅目鰱**。有次，臨近破曉時分拔棍收魚。阿博船長掌舵，昏黃舷燈探照下，我眼睜睜看著一把把拉近船邊的成排**紅目鰱**，心底歡喜。

風寒兮兮，還好黑潮溫暖，目標魚**紅目鰱**體型也只是巴掌大的小魚，這種漁撈，拔棍的手掌並未承受太大的折磨。

手頭忽然一緊。

暗夜茫茫雖然眼睛還看不到，但手上的**棍母**（延繩釣母繩）清楚預告，前方不遠

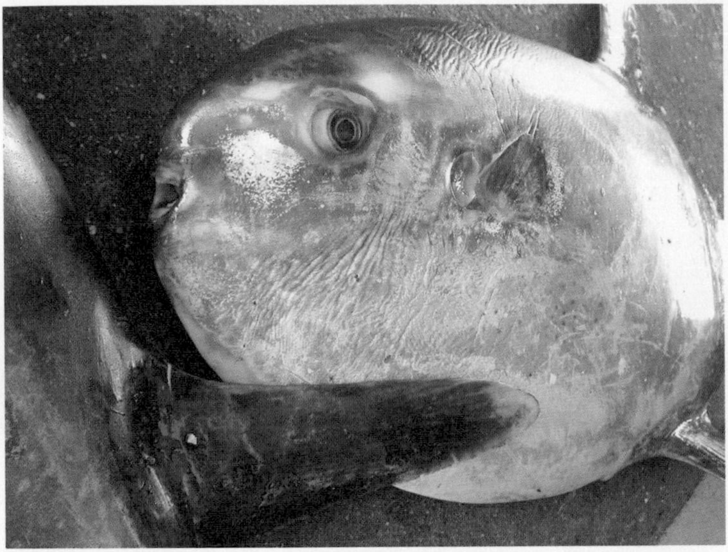

形體特別，生態特殊的翻車魨

有條大魚上鉤。

我抽空舉起手臂，示意阿博船長前方狀況。

船速添了些，趁勢快手拔了幾把，低俯身子準備迎接這條大魚。

天色微明時，終於見著了這條大魚。

牠出現在五公尺外，白皙皙長飄飄的身影，斜身向外。

「生眼睛沒見過這麼長的魚！」我禁不住喊了一聲。

阿博船長離開駕駛艙，趕忙拿著**長桿搭鉤**跑到前舷來準備幫忙鉤取這條大魚。

我咬緊牙，溫柔使力，謹慎地將這條大魚拔近船邊。

距離舷牆最後一米。咬著魚鉤的牠，釜狀頭，長條身形，胸腹部寬約兩尺，身長恐怕超過十尺。

真是條少見的大魚！

匡噹一響，這緊要一刻，阿博船長竟然拋掉手上的**長搭鉤**，並隨手取了舷邊砍刀，往前似乎就要來砍斷拔住這條大魚的**絲腳**（延繩釣子繩）。

我拉繩的手往另側閃了一下，這動作是質疑阿博船長：「你在幹麼？」

「無采工啦。」阿博船長嘴裡唸著，再度趨前要來砍我拉著的絲腳。

我再次更徹底地轉個半身迴避，表明：「這尾我的。」

我需要阿博船長進一步解釋，才可能讓他砍斷釣絲放掉這條上鉤的大魚。

「這款魚仔，無人要，無人買啦。」阿博船長像要吵架的口氣大聲說。

儘管如此，我還是將這條大魚拉靠在船邊，就著蒼茫晨曦和昏黃舷燈，盡量多看牠兩眼。

最後，才有點捨不得地讓阿博船長砍斷絲腳。

依稀記得，牠圓又大的眼睛，身形體色似**白帶魚**，但壯碩好幾十倍，其銀白體色中還泛著些粉紅光澤，眼神幾許溫柔，不像**白帶魚**帶著獵者的悍狠表情。

返航途中，阿博船長才詳細告訴我，這魚名字為**皇帶魚**，漁人稱牠**人帶**或**白魚**

龍。岸上普遍稱牠**地震魚**，說這種魚一般棲於深海，當牠們浮出水面，表示深海發生地震，或說，將要發生大地震云云。

「因為會地震所以沒人要買？」我好奇地問。

「不，**白魚龍**肉質糜軟似水，味道一樣清淡似水，沒滋沒味，又不是沒魚蹚掠，沒魚蹚喫。」

阿博船長的意思是：「又不是特別好吃，何必抓這種、吃這種稀奇古怪的魚。」

數十年後的今天，阿博船長竟然專攻這種稀奇古怪的**地震魚**，專門抓這種「又不是沒魚蹚掠，沒魚蹚喫」的**白魚龍**。

我不會忘了那風一樣的黑潮暖流，
通過我的網脈，屢次顫動我的心絃。
也許更多人願意看見這些過往，並做些努力，
我們才有真正恢復沿海生機的未來，
才有可能真正的回到沿海。

想了好久，此時，
好像也沒有比紀念更恰當的
字眼來形容書寫本書的心情。
大洋以西，山脈以東，黑潮仍然。

28

紀念

返航途中

很不願意用**紀念**這兩個字為本書作結。一旦用了**紀念**，意思好像是本書所記錄的沿海漁撈、沿海漁業環境，就要成為我們永遠回不去的回憶。

我總是樂觀地認為，對於可再生自然資源的使用，只要能夠找出**採取量**與**繁衍量**的平衡點，並加以**有效管理**，就有可能趨近於**永續使用**。

海洋魚類資源屬於海洋可再生資源，若能透過更進一步的管理，並非完全沒有恢復的可能。近年來，有些沿岸海域，零星設置了幾個有效管理的生態保護區，短短數年，我們看見，許多魚奇蹟般回來了。

過去一直背對著海發展的我們，特別這些年在海洋教育大力推廣下，似乎有了轉過頭來**看見海**的契機。

唯有**看見**，才會有意願進一步**接觸**，也因為接觸，才有可能願意進一步認識，有了認識為基礎，才有機會轉而**對海的基本尊重**。寬廣大海是有限海島的出路，當海島學會了尊重大海，將是善待自己的開始。

也許因為快速發展而導致環境快速變遷，現代人，大概都有回不到過去的**現代鄉愁**。我也曉得，若我們海域裡曾經擁有的盛況，至今若連留下一些蛛絲馬跡的機會也失去的話，恐怕更不可能回到過去。儘管書名為《回到沿海》，但心裡完全明白，若不設法留下

作業中的沿海漁船

一些紀錄，那就百分之百確定是回不去了。

多年前那段海上漁撈工作，自己也如同一面張置在黑潮海流裡的小小漁網，攔截了這些漁撈記憶。當然，本書所寫下的只是個人經驗，黑潮流域裡廣浩的沿海漁業文化，不會只有這些而已。

我不會忘了那風一樣的黑潮暖流，通過我的網脈，屢次顫動我的心絃。

也許更多人願意**看見**這些過往，並做些**努力**，我們才有真正**恢復沿海生機**的未來，才有可能真正的**回到沿海**。

想了好久，此時，好像也沒有比**紀念**更恰當的字眼來形容書寫本書的心情。

大洋以西，山脈以東，黑潮仍然。

僅以本書呈現，彷彿大洋與海島的信約，那黑潮流域曾經有過一場場熱鬧且循環不息的沿海漁撈。

國家圖書館出版品預行編目資料

回到沿海／廖鴻基著. --
初版. -- 臺北市：聯合文學, 2012.02
256面；14.8×21公分. --（聯合文叢；528）

ISBN 978-957-522-976-4（平裝）

855 101000742

聯合文叢 528

回到沿海

作　　者／廖鴻基
發 行 人／張寶琴
總 編 輯／周昭翡
責任編輯／張召儀
資深美編／戴榮芝
內頁攝影／廖鴻基
校　　對／張晶惠　廖鴻基
業務部總經理／李文吉
行銷企劃／許家瑋
發行助理／簡聖峰
財 務 部／趙玉瑩　韋秀英
人事行政組／李懷瑩
版權管理／張召儀
法律顧問／理律法律事務所
陳長文律師、蔣大中律師
出 版 者／聯合文學出版社股份有限公司
地　　址／（110）臺北市基隆路一段178號10樓
電　　話／（02）27666759轉5107
傳　　真／（02）27567914
郵撥帳號／17623526聯合文學出版社股份有限公司
登 記 證／行政院新聞局局版臺業字第6109號
網　　址／http://unitas.udngroup.com.tw
E-mail:unitas@udngroup.com.tw
印 刷 廠／瑞豐實業股份有限公司
總 經 銷／聯合發行股份有限公司
地　　址／（231）新北市新店區寶橋路235巷6弄6號2樓
電　　話／（02）29178022

出版日期／2012年2月　初版
2018年2月1日　初版四刷第一次
定　　價／300元

ISBN 978-957-522-976-4（平裝）